国韵小小说

阴阳钟

中华传统志怪小说十八篇

上海图书馆 编

生活·讀書·新知 三联书店

Copyright ⓒ 2018 by SDX Joint Publishing Company
All Rights Reserved.

本作品版权由生活·读书·新知三联书店所有。
未经许可,不得翻印。

图书在版编目(CIP)数据

阴阳钟:中华传统志怪小说十八篇/上海图书馆编.
—北京:生活·读书·新知三联书店,2018.1
(国韵小小说)
ISBN 978 – 7 – 108 – 05773 – 0

Ⅰ.①阴… Ⅱ.①上… Ⅲ.①小小说–小说集–中国–现代 Ⅳ.①I246.8

中国版本图书馆 CIP 数据核字(2017)第 280119 号

责任编辑	成 华 刁俊娅
封面设计	刘 俊
责任印刷	黄雪明
出版发行	生活·讀書·新知 三联书店
	(北京市东城区美术馆东街 22 号)
邮 编	100010
印 刷	常熟高专印刷有限公司
版 次	2018 年 1 月第 1 版
	2018 年 1 月第 1 次印刷
开 本	650 毫米×900 毫米 1/16 印张 13.25
字 数	116 千字
定 价	29.00 元

编者的话

近一百年前，一批通俗浅近、装帧精美的"口袋书"陆续面世，是为"小小说"系列。其内容多依托古典小说名著改编，文字浅显，材料活泼，更有鲜明悦目的精美封面助人兴味，既可供文学爱好者品味消遣，亦是学校教育、家庭教育、民众教育的流行读本。惜历时久远，今多已散佚。

为"复活"这批优秀的传统文化读物，特搜集上海图书馆所藏共九十余种"小小说"，略据内容分为六册，凡军事、历史、武侠、志怪、世情，涵盖各种类型，集中展现了我国古典白话小说的发展水平与艺术特色。

为便于读者阅读，现将原书的竖排繁体转为横排简体，修正了其中的漏字、错字、异体字，并根据现代汉语语言规范对标点符号进行了统一处理。必须说明的是，编者仅就明显的语言错误做出修正，在文从字顺的前提下，尽可能保留了特定时代的语言风格。

当然，也由于时代的局限，书中存在一些与当今理念相悖之处，考虑到还原作品原貌，均视作虚构文学素材予以保留。读者阅读此书，当能明辨。

196	184	171	160	149	138	128	116	105
假仙师	僧道斗法	天门阵	君子国	麟凤山	阴阳钟	四神祠	莲花化身	看金灯

目录

1	花果山
13	闹天宫
26	人参果
37	红孩儿
48	天河怪
60	火焰山
71	小儿城
82	无底洞
94	连环洞

花果山

国韵小小说

花果山

东胜神洲海外有一国,名曰傲来国。国近大海,海中有一座名山,称为花果山。山顶上有一块仙石,其石有三丈六尺五寸高,自开辟以来,受天地日月精华,感之既久,遂有灵通之意。内成仙胎,一日迸裂,产一石卵,大似圆球。见风化作一个猴,名为石猴:五官俱备,四肢皆全,会行走跳跃,食草木,饮涧泉,采山花,觅树果,与猿鹤为伴,麋鹿为群,夜宿石崖,朝游峰洞。真是山中无甲子,寒尽不知年。时值天气炎热,与群猴避暑,都在松荫之下,作为玩耍之消遣地,甚自得也。一日在山涧中洗澡,见涧水奔流,众猴多说:"此种水不知究从何处来,我辈今日偷闲,何不依着涧边到上流头寻看源流,随便玩耍一回?"高喊一声,众猴一齐跑来,顺涧爬山,直至源流之处,乃是一道瀑布飞泉。众猴皆拍手称扬说:"好水,好水。谁有本领能钻进去寻一个源头出来,并不伤身体者,我等即拜他为王。"连呼三声,忽见跳出一个石猴,高声叫曰:"我进去。"石猴即瞑目蹲身,将身一纵,跳入瀑布中。睁眼抬头一看,见此处却无水无波,明明朗朗,只有一座铁板桥;再上桥头一望,宛似人家住处,极好异境。且看且想,甚有乐趣。

于是跳过墙来再看,只见正当中有一石碣,碣上刻有"花果山福地,水帘洞洞天"十字。石猴一见,好不欢喜。既而瞑目蹲身,复跳出水外,打两个呵欠,高叫曰:"大好运,大好运!我何幸而得此!"众猴听说此言,急围住问曰:"里边究何式样?水有几何深?"石猴说:"水是没有,只有一座铁板桥,桥边是一座天造地设可爱之石屋。此水乃是桥下冲贯石穴,倒挂下来,将门户遮蔽。桥边有花有树,石屋内有石锅、石灶、石碗、石盆、石床、石凳,真是我辈安身之地。我辈都进去住,省得受老天之气,岂不甚好?"

是时众猴听得,个个欢跃,都说:"尔可先导,带我辈进去。"言毕,石猴又瞑目蹲身,向里边一跳。众猴随后都跳进去,跳过桥头,一个个抢盆夺碗、占灶争床,搬过来又移过去,正是猴子顽劣之本相,也无一刻定时,直至力倦神疲而止。石猴坐既定,乃对众猴说:"人而无信,不知其可。尔辈才说有本领进得来、出得去、不伤身体者,就拜他为王。我现今寻着一个洞天与尔辈安眠稳睡,各享成家之福,何不拜我为王?"众猴闻言,即拱服礼拜,称他为千岁大王。从此石猴高登王位,将石字避去,遂称为"美猴王"。

猴王既踞王位,领一群猿猴、猕猴、马猴等分派为臣下佐使,朝游花果山,暮宿水帘洞,不入飞鸟之丛,不从走兽之类,独自为王,享乐天真,何止二三百年。一日与群猴会宴,忽然想去学仙学佛。与众猴说明,众猴鼓掌称扬,都说:"善哉,善哉。我等明日何不越岭登山,广寻仙品,大设筵宴,送大王行也?"

次日，众猴果去采仙桃，摘异果，割山药，齐齐整整摆开石凳、石桌，排列仙酒仙肴。尊美猴王上坐，一个个轮流奉酒奉果，痛饮一日。次晨，美猴王早起，折许多枯松，编作渡筏，取一竹竿为篙，独自登筏，尽力撑开，飘飘荡荡，向大海飘去。连日东南风紧，将他送到西北岸前，却是南瞻部洲地界。弃筏登岸，只见海边上有人捕鱼打雁、挖蛤淘盐，乃走近前来，就弄把戏。装一活虎，形象凶猛，吓得彼辈丢筐弃网，四散奔跑。将跑不动者拿住一个，剥脱彼之衣裳，也学人穿在身上。摇摇摆摆，越州过府。日在市廛中，学人礼，学人话，朝餐露宿，一心访问佛仙之道，要寻一长生不老之方，以慰其初志。

过了七八年，无缘得遇，忽行至西洋大海。想着海外必有神仙，独自依前做筏，又飘过西海，直至西牛贺州地界。登岸遍访多时，忽见一座高山。他也不怕蛇虫虎豹，直登山顶。正观看间，忽闻得林深处有人言语，急忙穿入林中，侧耳而听，有相逢处非仙即道，静坐讲黄庭之语。听着满心欢乐，意谓神仙可藏在此处，急忙跳入里面一看，乃是一个樵子在彼处举斧砍柴。猴王近看，恭恭敬敬鞠躬而叫曰："老神仙，弟子行礼。"樵子闻言，慌忙把斧丢去，转身答礼说："不敢当，不敢当。我是拙汉，不是神仙，但我却与神仙相邻。"猴王说："尔家既与神仙相邻，求你指点神仙住处，让我去找他。"樵子说："此去不远，不远。此山叫作灵台方寸山，山中有座斜月三星洞,洞中有一个神仙,称为须菩提祖师。祖师之徒弟出去者甚多,现今还有三四十人从他修行。尔顺此小路而走,向南行七八里远近就是他家。"

猴王一闻此话,急忙辞谢出林。走七八里远,果然望见一座洞府。挺身观看,但见洞门紧闭,静悄悄杳无人迹。忽回头见崖侧立一石牌,刻有"灵台方寸山""斜月三星洞"字样,心中十分欢跃。正注视间,忽听得呀的一声,洞门开处,里面走出一个仙童,高叫曰:"何人在此骚扰?"猴王上前鞠躬曰:"我是访道学仙而来,不敢在此骚扰。"仙童笑曰:"你是真访道否?"猴王说是。童子说:"我家师父正在登坛讲道,还未说出缘由,就教我出来开门,说外面有个修行弟子到来,可去接待。想必就是你。"猴王笑道:"是我,是我。"童子乃谓:"可随我来。"猴王因整衣端肃,随童子一路而走,径入洞天深处,直至坛下。乃见菩提祖师坐在坛上,两边有三十个小仙侍立坛下,森严气象,几乎不可逼视。

猴王一见,倒身下拜,磕无数头,口中只说:"师父,师父,我弟子志心朝礼。"祖师说:"你是何方人?可说一乡贯姓名来。"猴王说:"弟子乃东胜神洲傲来国花果山水帘洞人。"祖师说:"你何姓?"猴王说:"我无性。人骂我,我不恼;打我,我不怒。犯而不校,一生无性。"祖师谓:"不是此性,你父母何姓?"猴王说:"我也无父母。"祖师说:"既无父母,想必是树上生的。"猴王说:"我不是生在树上,却长在石里。

我只记得花果山上有一块仙石，是年石破，我便生也。"祖师暗喜，以为彼如此来历，却是天地生成，就说："尔起来走走我看。"猴王纵身跳起，走过两遍。祖师笑曰："尔却像食松果之猴狲。我就向尔身上取一姓，叫尔姓孙。"猴王闻之极喜，朝上乱叩头，说："好好好，今日方知姓也。然既有姓，乞再赐一名，方好呼唤。"祖师谓："我门中取名有十二个字，排到你正当悟字，可称'悟空'好否？"猴王说："真好，真好。自今就叫作孙悟空也。"

猴王既得姓名，百般欢喜，对菩提前作礼启谢。祖师即命大众引孙悟空出二门外，教他洒扫应对、进退周旋。悟空又拜过大众师兄，就于廊庑之间，安排寝处。次早与众师兄讲经论道，习字焚香，闲时即扫地锄园，养花修树。在洞中忽忽不觉，倏已六七年矣。

一日，祖师登坛高坐，开讲大道。孙悟空在旁闻着，心喜过望，抓耳挠腮，眉开眼笑，忍不住手舞足蹈。祖师看见，问孙悟空："尔在班中，何为癫狂跃舞？"悟空说："弟子诚心听讲，听到老师父妙音处，喜不自禁，不觉跳跃。望师父恕罪。"祖师说："尔既识妙音，我且问尔，尔到洞中有多少时候？"悟空说："不知道，只记得常到山后打柴，见一山好桃树，我在此处吃过七次饱桃矣。"祖师说："此山名为烂桃山。尔既吃过七次，即已七年。尔今要从我学习何道？"悟空说："凭尊师教诲，但能学得长生不老之术最妙。"祖师闻言，故意授以种种他法,悟空种种说不学。祖师忽跳下高坛,手持戒尺,向悟空说:"尔横不学,竖不学,究欲如何?"就走上前将悟空头上连打三下,倒背着手走入里面,将中门关闭,撇却大众而去,吓得一班听讲之徒人人惊惧,皆抱怨他。是时悟空仍一点不恼,面露笑容。

当时猴王已识个中关键,默记于心。祖师打他三下者,教他三更时分留心;倒背着手走入里面、将中门关上者,教他从后门走进,秘处传他道也。是日,悟空只想早寝,一到黄昏,与众同卧,己则假合眼,定息存神。约到子时前后,轻轻起身穿好衣服,偷开前门,走至后门外,就侧身掩进,直走到祖师寝榻下。正要跑时,见祖师已醒。悟空拜而叫曰:"弟子在此。"祖师知是悟空,起身披衣,盘坐喝曰:"你不在前边去睡,到此何为?"悟空说:"师父昨日坛前教弟子三更时候从后门入,传我法道,故敢径拜榻下。"祖师听说,暗想他真是天地生成,故能识个中关键。因不再问。

悟空于是又要求祖师传长生之道。祖师谓:"尔今有缘,我亦喜悦。尔近前来,传尔长生之术。"悟空叩头致谢后,跪于面前,洗耳恭听。祖师说:"变化有三十六般,有七十二般。尔要学何种变化?"悟空说:"弟子之意,越多越好。愿学七十二般变化。"祖师说:"上前来,传与你口诀。"遂附耳低言,不知说出如何妙法。此猴王也是灵通百窍,习过口诀,自修自炼,将七十二般变化件件学成。一日,祖师问悟空："事成也未？"悟空说："蒙师父恩，弟子功课完毕，已能飞升天空。"祖师说："你试与我看。"悟空欲显本领，将身一耸，即离地数丈，踏云而去。未几又落在面前，叉手说："师父，此就是腾云。"祖师谓："此还不能算腾云，只可谓爬云。所谓腾云者，四海之外，一日能游遍是也。"悟空说："此甚难能。"祖师说："世上无难事，只怕有心人。依尔翻腾用势，授以筋斗云最合。"当时面授口诀。是夜悟空即运神炼法，学会筋斗云。从此无束无拘，逍遥自在，一筋斗能翻十万八千里路。一日与大众游于松树下，大众对悟空说："你已能变法，试变与我等看。"悟空正欲显本领，叫大众出一题目。大众就说变一松树。悟空念一咒诀，摇身一变，即变成一棵松树。

是时大众见之，一齐喝彩声喧。祖师闻而大怒，谓："尔辈何得在此喧扰？"大众谓："不敢瞒师父，方才孙悟空变法，弟子们扬声喝彩，致惊我师。乞恕罪。"祖师当时叫悟空过来，略责一二，谓："此种法道，何得轻易卖弄？尔欲保全性命，盍早回去！"悟空闻言，哭告曰："师父叫我往何处去？"祖师说："你从何处来，便从何处去。"悟空恍然悟曰："弟子自东胜神洲傲来国花果山水帘洞来。"祖师说："快去才好。"悟空谢过，念着口诀，翻一筋斗，已回东海花果山水帘洞矣。

悟空一到，有千千万万猴子一齐跳出，将猴王围在当中，叩头叫曰："大王何为一去许久，把我辈闪在此处！近来有一妖魔，强要占我辈洞府。我辈舍生忘死，与他争斗，被恶魔捉去许多子侄。大王若再不来，我等连山洞恐又要属他人矣。"悟空闻说，大怒曰："何处妖魔，胆敢无状！我将寻他报仇。"众猴说："彼自称'混世魔王'，居住在北海道。"悟空说："此去不知几多里？"众猴说："他来时风，去时雾，不知有多少路。"悟空闻言不语，将身一纵，即跳出去，一个筋斗，就至北海道。息下一看，见一座高山，十分险峻。正观看间，只听得有人言语，就下山寻觅。

忽见有个水脏洞，门外有几个小妖跳舞，见悟空，因问曰："你是谁？"悟空说："我是南方花果山水帘洞洞主。尔家有自称魔王者，屡次来欺我儿孙，我欲与他一决上下。"小妖听说，急忙跑入洞里，报曰："大王，祸事来了。洞外有猴头，自称花果山水帘洞洞主，说大王欺他儿孙，特来此欲与大王一角上下。"魔王笑曰："此是猴精，闻已修行去，今恐已回来矣。他如何打扮，手中有何兵器？"小妖说："没有，但光着个头，穿一领红色衣，勒一条黄绦，脚下踏一对乌靴。不僧不俗，又不像道士，赤手空拳。"魔王闻言，即穿甲胄，拿钢刀，与众妖出门，高叫曰："谁是水帘洞洞主？"悟空即睁眼观看，只见魔王头戴乌金盔，身挂皂罗袍，外罩黑铁甲，足穿黑皮靴，腰广十围，身高三丈，手执一口刀。悟空喝曰："尔恶魔如此眼大，看不见老孙？"魔王见之，笑曰："你身不满四尺，年不过三旬，手中又无兵器，如何大胆猖狂，要来与我决斗?"悟空骂曰:"好大恶魔,轻量我小!要大却不难。量我无兵器?我两只手钩着天边月哩,你不要怕!快吃老孙一拳!"纵一纵跳上去,劈脸就打。魔王乃伸手挡住,曰:"你矮我长,你用拳,我用刀,杀死尔,徒为人笑。我放下刀,与尔决个拳。"魔王即丢刀便打,焉晓得悟空身小,钻进去相撞相迎。彼此一冲一撞,到底长拳空大,矮簇坚牢,魔王竟被悟空重打,受不住,闪过来就拿钢刀,向悟空劈头一砍。悟空急打一跛,他砍一个空。悟空即用身外身法,拔一把毫毛,丢在口中嚼碎,向空喷去,叫一声变,即变成二三百个小猴。原来悟空得道后,身上有八万四千根毛,根根能变。今变成小猴,将魔王围绕,抱的抱,扯的扯,钻裆扳脚,扯毛挖眼,弄得魔王不由自主。悟空就夺得刀来,分开小猴,照顶门一刀砍为两段,杀进洞中,将一班大小妖精尽行剿灭,再把毫毛一抖,收上身来。又见有收不上身者,就是魔王在水帘洞掳来之小猴,约有三五十个。悟空说:"尔辈快出去。"随即洞里放起火来,把水脏洞烧成一片焦土,乃对众猴说:"尔等可跟我回去。"大家一齐合眼。猴王念声咒语,驾阵狂风,云头落下。再叫声"睁眼",众猴脚踏实地,认得即是家乡,个个快活,都奔洞门旧路而去。

　　是时在洞众猴,见猴王与其余小猴同来,一齐簇拥而入,罗拜猴王。于是安排酒果,接风贺喜。因问降魔之事,悟空向众猴细说一遍。众猴惊喜交集,谓:"大王此种本领,究从何处学来?"悟空说:"我当年别汝等,漂过东洋大海,到一洲,住八九年,未曾得道。再渡西洋大海,到一洲,访问多时,幸遇一老祖,传我与天同寿之秘诀及不死长生之妙法。"众猴乃称贺不已。悟空因笑曰:"我现今已有姓氏,一门皆受其赐矣。"众猴问大王姓什么,悟空说:"我今姓孙,法名悟空。"众猴闻之鼓掌,欣然曰:"大王是老孙,我辈都是二孙、三孙、细孙、小孙,一家孙、一国孙、一窝孙矣。"都来奉承老孙。大盆小碗,椰子酒、葡萄酒、仙花仙果,却有合家欢之趣味。

猴王一日教小猴操演武艺,砍竹为标,削木为刀,治旗幡,击金鼓,玩耍多时。忽然想起:"我辈玩耍,或人王、禽王疑我辈操兵造反,与师来杀。此等竹竿木刀,如何对敌?须得锋利剑戟方可。而今奈何?"众猴闻之,个个惊恐。正在说间,走上四个老猴,两个是赤尻马猴,两个是通臂猿猴,在面前说:"大王若要锋利器械,甚易。由本山向南去二百里,有一岛,乃傲来国地界。岛中军民无数,必有铜铁等匠作。大王若到彼处,或买或造此兵器,携归教练我辈,此计之得也。"悟空点头默许,急翻一筋斗云,果然二百里外有一岛,人烟稠密,煞是热闹。悟空想来此处定有现成兵器,等我下去买他几件。既而一思,还不如使个神通,向兵库内密取几件。就念着口诀,往地上吸一口气,吹出去便是一阵狂风,飞沙走石。风起处,惊散岛中军民,街市都关门闭户,无人敢走。悟空乃按下云头,径闯入兵器馆、武库中,打开门钻进去,见里边十八般兵器,件件俱备,心喜无量,唯想:"我一人能拿几件?不如用个分身法,都可搬去。"乃拔一把毫毛,嚼烂喷出,念咒叫变,变作千百个小猴,都乱搬乱抢,搬个干净。径踏云头,弄个遁法,带领小猴同回本处。猴王按落云头,将身一抖,收住毫毛,将兵器乱堆在山前,叫曰:"小猴们,都来领兵器!"众猴听见一声来,皆赶去抢刀夺剑,拿斧抓枪,弯弓扳弩,吆吆喝喝,玩耍一日。次晨依旧排营,悟空会集众猴,计有四万七千余口,早惊动满山怪兽。各种妖王共有七十二洞,都来参拜猴王为尊,轰轰烈烈。当时花果山,何等热闹!

闹天宫

国韵小小说

闹天宫

花果山水帘洞猴精孙悟空修仙得道后，种种骚扰。天上玉皇闻悉，拟遣将擒拿，当众吩咐文武仙卿赶紧下界收服，并问这妖猴何时产生、何代出身。班中有千里眼、顺风耳，走出奏曰："这猴乃三百年前天产石猴，不知近数年在何方修炼成仙，有降龙伏虎之能。不如降一道招安圣旨，使他到上界来，授他一个大小官职，拘束此间为妙。"玉帝准奏，即着太白金星赍诏前往招安。金星领旨，出南天门外，直至花果山水帘洞，对众小猴说："我乃天差天使。有圣旨在此，请尔大王至上界。快快报知。"洞外小猴一层层传至洞天深处回报大王："外面有一老人，背着一卷文书，说是上天差来的天使，有圣旨请尔去也。"猴王一闻斯言，说："快请进来。"猴王急整衣冠，门外迎接。金星走入当中，南面立定，说："我是西方太白金星，奉玉帝招安圣旨，下来请尔上天，拜登仙箓。"悟空喜悦，遂与金星纵起云头，升在空霄之上，霎时已不见矣。

太白金星领着猴王到灵霄殿前，直至玉帝面前，朝上礼拜。悟空挺身在旁，且不朝礼，但侧耳以听。金星启奏，奏曰："臣领圣旨，已召妖仙到此。"玉皇垂帘问曰："谁是妖仙？"悟空却才鞠躬答应曰："老孙便是。"列位仙卿都大惊失色，谓："这野猴，如何不拜伏参见,乃敢如此答应!谓'老孙便是',真是岂有此理!"玉帝传旨,说孙悟空乃下界妖仙,初得人身,未习朝仪,姑且恕罪。众仙卿叫声"谢恩",猴王乃朝上鞠躬。玉帝传旨,谓就着他做个弼马温。众臣叫谢恩,他又朝上鞠躬,欢欢喜喜,径去到任。查看过文簿,点明过马数,昼夜不睡,滋养马匹。一班天马见他,帖耳驯善,养到肉肥膘满。不觉已半月有余。

一日闲暇,猴王忽对同僚众监官问曰:"我这'弼马温'不知是何官衔?"众曰:"此就是官名。"又问此官是几品,众说没有品级。猴王说:"没有品级,想是大之极也。"众说:"不大不大,只叫作未入流。"猴王说:"如何叫作未入流?"众说:"此官最贱、最小。堂尊到任后如此奋勉,喂得马肥,不过赚得一好字;倘稍有羸瘦,还要见责;如果伤损,还要罚赎问罪。"猴王闻此,不觉心头火起,咬牙大怒曰:"如此藐视老孙!老孙在花果山称王称祖,何等威风!今骗我来与他养马,岂诚意待我者?去去!"忽把公案推翻,耳中取出宝贝,闪一闪,似碗大小。一路直打出御马监,径至南天门。众天丁知道他已受仙箓、官弼马温,不敢阻挡,听他打出南天门去。霎时按落云头,回至花果山。

正饮酒欢会间,有人来报道:"大王,门外有两个独角鬼王要见大王。"猴王说:"叫他进来。"鬼王乃整衣入洞,倒身下拜,谓:"久闻大王招贤,无由得见。今见大王已受仙箓,得意荣归,特献赭黄袍一件,与大王称庆。若肯收纳,愿效犬马之劳。"猴王大喜,将赭黄袍穿上,即将鬼王封为前部总督先锋。鬼王谢恩毕,撺掇猴王做个齐天大圣。猴王赞成,叫四健将:"快置个旌旗,上写'齐天大圣'四大字,立竿张挂。此后称为'齐天大圣',不许再称大王。"传谕各洞妖王,一体知悉遵照。

却说玉帝次日设朝,只见张天师引着御马监监丞、监副在丹墀下拜,奏称:"新任弼马温孙悟空因嫌官小,昨日已下天宫去矣。"玉帝闻言大怒,即封托塔李天王李靖为降魔大元帅、挈云三太子为海晏大神,即刻兴师下界。李天王与三太子叩头谢辞,回到本宫,点起三军,率领巨灵神及诸将等出南天门外,径来花果山安营。传令巨灵神挑战。巨灵神得令,执宣花斧到水帘洞外。只见洞外许多妖魔,抢枪舞剑,正在跳斗。巨灵神大喝曰:"妖魔!快去报告弼马温,吾乃上天大将,奉玉帝旨意,来此收服。叫他早些出来投降,免致尔等吃苦!"诸妖进洞飞报一切!猴王听得,立取披挂来,就顶冠贯甲,手执如意金箍棒,领众出门,摆开阵势。巨灵神厉声高叫曰:"我奉玉帝圣旨至此,要收降尔,尔快卸下装束,归顺天朝,免得遭诛!"猴王闻之,大骂曰:"泼毛神,休夸大口!尔看我旗上字号!玉皇若依此字号封我,我就不动刀兵;否则就要打上灵霄宝殿,使他龙床也坐不成!"巨灵神一闻此说,急睁眼观看,果见门外高竿上有旌旗一面,上写"齐天大圣"四大字。因冷笑说："泼猴如此无状！尔要做齐天大圣，好好好，且吃我一斧！"劈头就砍过去，猴王将金箍棒应手相迎。巨灵神抵抗不住，咔嚓一声，把斧柄打作两截，急撤身逃走。猴王笑曰："脓包，脓包！吾且饶尔，尔快去报信！"

巨灵神回至营门，径见托塔天王，急跪下说："弼马温要封一个齐天大圣，否则要打上灵霄殿来。末将战他不过，败阵回来请罪。"李天王一想，此非拏云太子去不可。一面着巨灵神回营待罪，一面差太子来收服。太子一到水帘洞外，悟空笑曰："小太子，尔是奶牙尚未退、胎毛尚未干，焉敢与我敌？"拏云不答，即大喝一声变，即变作三头六臂，恶狠狠手持六样兵器扑面打来。悟空见之一惊，就说："小哥倒也会弄此手段。莫无礼，看我神通！"喝声变，也变作三头六臂。拿金箍棒晃一晃，亦变作六条。六只手拿着六条棒，彼此狠斗。斗过三十余回，这太子六般兵器变成千千万万，孙悟空金箍棒亦变成千千万万，半空中似雨点流星，不分胜负。唯悟空手疾眼快，正在混乱之时，他拔下一根毫毛，叫声"变"，就变作他的本相，手挺着棒，击着拏云；他的真身却一纵，赶至拏云脑后，照左膊上一棒打来。拏云不及躲避，已被击着，负痛逃走。

天王闻之大惊，即到上界回奏玉皇不能取胜及添兵或封个齐天大圣等语。玉帝闻言惊讶，以为彼如此神通，即使加兵与斗，一时恐难收服。不若大舍慈悲，顺他意思，就封为齐天大圣，收其邪心，使天下太平。当时就着金星持诏书去。金星出南天门，到水帘洞，径至洞内，见大圣说："玉帝授以齐天大圣官爵。"悟空大喜，即与金星纵着祥云到南天门。玉帝果然授以齐天大圣之职，且在蟠桃园右首造起一座齐天大圣府，使他安居享福，并教他管蟠桃园。

大圣进园后，见老树枝头桃熟大半，他心中即思染指。随即脱去冠服，爬上大树，专拣熟透之大桃，摘下许多，就在树枝上吃一饱，在大树梢头睡着。如此者不止一次。

一日王母娘娘设宴，大开宝阁瑶池，做蟠桃盛会。即着仙女七人，各携着簪花篮到蟠桃园摘桃建会。七仙女到园中，见树上花果稀疏，只有几个毛蒂青皮。原来熟的都被猴王吃去。七仙女东张西望，但见向南枝上只有一个半红半白之桃子。一仙女用手扯下枝来，一仙女摘下，却将枝子向上一放。孰知大圣变化，正睡在此枝。被其惊醒，大圣即现本相，耳朵内抽出金箍棒，怒谓："尔是何处怪物，胆敢偷摘我桃。"吓得七仙女一齐跪下说："请大圣息怒。我等不是妖怪，乃王母娘娘差来。因要做蟠桃盛会，故来此摘桃。万望恕罪。"大圣闻言，转怒为喜曰："仙娥请起。"七仙女一齐起身回命去了。大圣径奔瑶池，探听蟠桃大会情形。不多时，即至宝殿，走入里面，正在观看，忽闻得一阵酒香扑鼻。急转头，见长廊下有几瓮玉液琼浆，香醪佳酿，止不住口角流涎，就要去吃。因管酒者都在此处，他就弄个神通，把毫毛拔下几根，丢在口中嚼碎喷去，念声"变"，即变作几个瞌睡虫。奔在众人脸上，其人就会手软头闷，垂首合眼，都去睡着。大圣乃拿取八珍佳肴，走入长廊里面，就着缸，挨着瓮，放开量痛饮一番。不觉大醉，自谓："不好，不好。早回府中睡去吧。"摇摇摆摆，信步乱撞，把路走差。不是大圣府，却是兜率宫——太上老君所居。直至丹房里面，不见一人。只见丹灶之旁安放着五个葫芦，葫芦里都是烧成之金丹。大圣喜极，谓："此物乃仙家至宝，等我吃他几丸。"因向葫芦内倾出来。入口与吃炒豆相似，一时间丹满酒醒，晓得不好，立即跑出兜率宫，回至花果山去矣。

七仙女以大圣偷桃回奏王母，王母怒，来见玉帝。未几，管酒人来奏，谓有人偷吃玉液琼浆及八珍百味。太上道祖亦来见玉帝，朝礼毕，奏谓："九转金丹炼成，伺候陛下做丹元大会，不意被贼偷吃去。"玉帝大怒特怒，即差四大天王协同李天王并拏云太子，点二十八宿、九曜星官等无数天神天将共十万天兵，下界去花果山，围住数百重。

当时有个显圣二郎，叫作显圣真君，先打进去，见群猴齐齐整整，排着个盘龙阵势。猴王见真君，即擎金箍棒跳出营门，口出大言。真君闻言大怒，举刀相向，大圣举金箍棒劈面相迎。他两个斗至三百余合，不分胜负。那真君抖擞神威，摇身一变，变得身高万丈，青脸獠牙、朱红头发，两只手举着三尖利刃神锋,恶狠狠向大圣头上就砍。这大圣也使神通,变得与二郎身躯一样、嘴脸一般,举一条如意金箍棒抵住二郎神。彼时一班群猴被真君手下一千二百个草头神纵着鹰犬大为驱逐,这班猴子大家抛戈弃甲,撇剑丢枪,跑的跑,喊的喊,上山的上山,归洞的归洞。大圣忽见本营中群猴惊散,自觉心慌,收住法,掣棒抽身就走。将近洞口,适撞着四太尉、二将军,一齐拦住说:"泼猴何处去!"大圣手脚已慌,就把金箍棒捏作绣花针藏在耳内,摇身一变,变作个麻雀儿,飞在树梢头钉住。

　　真君赶到,问兄弟们:"这猴精何在?"众神说:"方在此处围住,忽又不见。"二郎睁目,见大圣已变作麻雀儿钉在树上,随即摇身一变,变个饿鹰儿,张开翅飞去扑打。大圣忽嗖的一声飞起,变作一只大鹚老,冲天而去。二郎见之,急抖翎羽摇身一变,变作一只大海鹤,钻上云霄来衔。大圣又将身按下,入涧中变作一个鱼儿,跃入水内。二郎赶至涧边,不见踪迹,心中暗想:"这猴狲必然下水去也,定变作鱼虾之类。让我再变。"遂变作个摸鱼鹰,在水面上漂荡。大圣变鱼儿正在跃游,忽见一只飞禽:似青庄,毛片不青;似鹭鸶,顶上无缨;似老鹳,腿又不红。"想是二郎变成,欲伺我!"急转头就走。二郎见这鱼儿似鲤鱼,尾巴不红;似鳜鱼,花鳞不见;似黑鱼,头上无星;似鲂鱼,鳃上无针。"他为何见我就转身?必然是那猴变的。"赶上来急忙啄一嘴。那大圣就蹿入水中,一变,变作一条水蛇,游近岸钻入草中。二郎因衔他不着,忽听水声,见一条水蛇蹿出去,认得是大圣,急转身,又变作一只朱绣顶的灰鹤,伸着一个长嘴,与一把尖头铁钳子相似,径来吃这水蛇。水蛇跳一跳,又变作一只花鸨,立在蓼汀上。二郎见之,即现原身走,思取弹弓弹他。大圣就乘着机会,滚下山崖,又变了一座土地庙:大张着口,似个庙门;牙齿变作门扇;舌头变作菩萨;眼睛变作窗棂;只有尾巴不好收拾,竖在后面,变作一根旗杆。真君赶到崖下,不见打倒的鸨鸟,只有一间小庙。急睁眼细看,见旗杆立在后面,笑曰:"这是猢狲,他今又在此处哄我。旗杆竖在后面,必是这猴精弄鬼。我若进去,他便一口咬住。等我掣拳,先捣窗棂,后踢门扇。"大圣听见,一想不好,扑地一个虎跳,就此不见。真君前前后后乱赶,不见踪迹,称怪不置。众皆愕然。真君笑曰:"尔辈等着,让我去寻。"急纵身起在半空,见李天王,要求他照妖镜一照。天王四处照来,笑呵呵说:"真君,快去,快去。那猴用个隐身法,走出营围,已往灌江口去也。"二郎听说即去。

那大圣已到该处,摇身一变,变作二郎的模样,径入庙里。鬼判不能相认,一个个磕头迎接。他坐中间,点着香火,见李虎拜还的三牲、张龙许下的保福、赵甲求子的文书、钱丙告病的良愿。正看间,忽有人报告:"又一个爷爷进来。"众鬼判急急观看,无不惊心。真君说:"有个叫作齐天大圣的来否?"众说:"不见来,只有一个爷爷在里面查点。"真君撞进门,大圣一见,现出本相说:"郎君不消吵,庙宇已姓孙。"真君忍不住就举三尖利刃神锋,劈脸就砍。猴王用个避身法躲过,掣出绣花针儿,化作像碗粗细,赶到前对面相迎。两个嚷嚷斗斗,打出庙门,且行且战,直打到花果山去了。

却说老君见真君终未能擒拿大圣,对菩萨说:"等我用一件兵器。这兵器是灵丹点成,善能变化,水火不侵,一名金刚琢,又名金刚套。我丢下去打他一下。"说毕从天门上向下一掼,滴溜溜径落花果山营盘里,可巧击着猴王头。猴王只顾苦战,却不知坠下何物,空中被击,立脚不稳,跌了一跤,爬将起来就跑。被二郎身边的犬赶上,向腿上咬一口,又扯了一跌。他睡倒在地,骂曰:"这个死犬,敢来咬老孙!"急翻身爬不起来,被诸将一拥按住,即将绳索捆缚,用钩刀穿了琵琶骨,再不能变化。那老君收了金刚琢,请玉帝同观音、王母、众仙等俱回灵霄殿,四大天王与李天王诸神俱收兵拔寨,齐唱凯歌,得胜回天。

玉帝见妖猴齐天大圣已经捉住,即命大力鬼王与众天丁等押至斩妖台,碎杀其身。无如众天兵押至斩妖台下,缚在降妖柱上,刀斧枪剑均莫能伤及其身。南斗星下令火部众神放火煨烧,亦不能烧着。又差雷神以雷楔钉打,越发不能伤损一毫。那大力鬼王与众启奏曰:"万岁,这大圣不知在何处学得护身之法,臣等用刀斩斧砍、雷打火烧,一毫不能伤损。奈何?"玉帝闻言说:"这厮此种妖力,如何处治?"太上老君奏曰:"那猴吃了蟠桃,饮了御酒,又盗了仙丹。我的五壶丹有生有熟,都被他吃在肚里,所以炼成一个金刚之躯,不能伤他。不若与老道领去,放在八卦炉中以文武火锻炼,炼出我的丹来,他身自为灰烬矣。"玉帝闻言,即教六甲六丁将他解下,付与老君。老君领旨去讫,到兜率宫,将大圣除去绳索,放开琵琶骨,推入八卦炉中,命道人架火锻炼。七七四十九日,老君以为火候已到,开炉取丹,见大圣双手护着眼,正自揉搓流泪。只听得炉头声响,猛睁眼看见光明,他就忍不住将身一纵,跳出丹炉,呼啦一声蹬倒八卦炉,往外就走。慌得那架火看炉与丁甲一班人来扯,被他一个个都打倒。随手于耳中掣出如意棒,迎风晃一晃,如碗粗细。不分好歹,却又大乱天宫,打得九曜星闭门闭户,四大王无影无声。

后来打到通明殿里、灵霄殿外,幸有佑圣真君的佐使王灵官值殿。他见大圣凶横,掣金鞭近前挡住,说:"泼猴何往!吾在此,莫猖狂!"大圣不由分说,举棒就打,那灵官急起相迎。两个在灵霄殿外,斗在一处,胜负未分。早有佑圣真君又差将佐到雷部调三十六员雷将齐来,把大圣围在中间,个个骋威剧战。那大圣全无惧色,见众将手有利器,他即摇身一变,变作三头六臂,把如意棒晃一晃,变作三条。

六只手使开三条棒，好似纺车儿一般，滴溜溜在中间飞舞。众雷神莫能相近。

　　后来玉帝请了佛祖如来。如来一到灵霄门外，忽听得杀声震耳，乃三十六员雷将正在围住着大圣。佛祖传旨，教雷将停息干戈，放开营盘："叫大圣出来，等我问他。"众将果退，大圣也收住法像，现出原身。近前，怒气昂昂，厉声高叫曰："尔是何方善士，敢来止住刀兵问我！"如来笑曰："我是西方极乐世界释迦牟尼尊者。南无阿弥陀佛。今闻尔猖狂无忌，屡反天宫，要夺玉皇大帝尊位。何荒谬如是？尔是初世为人的猴精，如何胆大妄为？"大圣说："他不应久住此位。谚云'交椅轮流坐，明年是我尊'。只叫他搬出去，将天宫让与我便罢；否则定要再扰，不得太平。"佛祖说："尔除了长生变化之道，再有何能，敢占天宫胜境？"大圣说："我有七十二般变化，万劫不老长生，又会筋斗云，一纵十万八千里。如何坐不得天位？"佛祖说："我与尔打个赌赛。尔若有本事，一筋斗打出我这右手掌中，算尔赢，再不用动刀兵、苦争战，就请玉帝到西方居住，把天宫让尔；若其不能，休再胡闹。"大圣闻言暗笑曰："这如来好呆。我老孙一筋斗能去十万八千里，他手掌方圆不满一尺，如何跳不出去？"急发声曰："来。"佛祖伸开右手，大圣收了如意棒，将身一纵，跳在佛祖手心里，却道声"我去也"，遂不见。佛祖慧眼观看，见那猴王风车子一般，只管前进。大圣行时，忽见有五根肉红柱子,撑着一股青气。他道:"此间乃到尽头路。此番回去,如来作证,灵霄宫定是我坐也。"又想:"少住,等我留点记号,方好与如来说话。"拔下一根毫毛,吹口仙气,叫变,变作一管浓墨双毫笔,在中间柱子上写一行大字,云:"齐天大圣到此一游。"写毕,收住毫毛,又不装尊,却在第一根柱子根下撒了一泡猴尿。翻转筋斗云,径回本掌,站在如来掌内说:"我已去,今来也。尔叫玉帝让我天宫。"如来骂曰:"你这个尿精猴子!你正好未曾离我掌中。"大圣说:"你是不知。我去到天尽头,见五根肉红柱,撑着一股青气。我留着记号在彼处,你可否与我同去看?"如来说:"你只消低头看看。"那大圣睁圆火眼金睛,低头却看见佛祖右手中指写着"齐天大圣到此一游",大指凹里还有点猴尿臊气。大圣吃了一惊,说:"有这等事,有这等事!我将此字写在撑天柱子上,如何却在他手指上!莫非有个未来先知的法术?我绝不信,不信。等我再去来。"急纵身又要跳出,被佛祖翻掌一扑,把这猴王推出西天门。将五指化作金、木、水、火、土五座联山,叫作五行山,轻轻地把他压住。一直等唐僧西天取经时方能出世,随护前往,修成正果。

人参果

国韵小小说

人参果

万寿山中有个五庄观,观里有一仙人,道号镇元子,诨名与世同君。那观里出一样异宝,乃是混沌初分、天地方开之际,生成一种灵根,名叫草还丹,又号人参果,三千年一开花,三千年一结果,再三千年才得熟,一万年才结得三十个果子。其形如三朝未满的小孩,四肢俱全,五官咸备。人若有缘,得闻了一闻,就可活三百六十岁;吃一个,就可活四万七千年。当日镇元大仙因元始天尊邀他到上清天弥罗宫中,听讲混元道果。大仙门下出的散仙也不计其数,现在只留下二十余个。内中最得意的徒弟,一个叫作清风,一个叫作明月。清风只有一千三百二十岁,明月才一千二百岁。大仙临行,吩咐二童说:"我去后,不日有一个故人从此经过,名为唐三藏,今奉东土唐王旨意往西天拜佛求经。不可怠慢,可将人参果打两个与他吃。"二童领命讫。不多时,果有唐僧等进来,送茶后坐下。二童子径到人参园内,思欲献果。那清风爬上树去,用金击子敲果,明月在树下以丹盘承接。须臾敲下两个果来,接在盘中,径到前殿奉献,曰:"唐师父,我五庄观土僻山荒,无物可奉。素果二枚,权为解渴。"那长老见了,大为诧异,因曰:"今岁年丰时稔,为何观里作荒吃人?这个是三朝未满的孩童,如何与我解渴?"清风暗里说:"这和尚眼肉胎凡,不识我仙家异宝。"明月上前说:"此物叫作人参果,实是树上结的,叶儿却似芭蕉模样,直上去有千余尺高,根下有七八丈围圆。师父不信,可亲自去看。"长者只是不肯吃。二童无法,仍旧捧进去了。

那行者听了,偷至园内。倚在树上抬头一看,树上所结人参果真像孩儿一般:尾上是个挖蒂,生在枝头,手脚乱动,点头晃脑,风过处似乎有声。行者欢喜不尽,曰:"好东西呀,果然罕见。"他倚着树嗖的一声蹿上去,就把金击子敲了一下,那果子扑地落将下来。他随跳下跟来寻,寂然不见;四面草中找寻,更无踪迹。行者说:"蹊跷。即使有脚的会走,也跳不出去。我知道了,必是这果子遇金而落,遇土而入。"大圣心灵,仍爬至树上,一只手用击子,一只手将直裰襟儿扯起来做个兜子。他却串枝分叶,敲了三个果兜在襟中,跳下树一直走出园中。径到厨房里,与八戒、沙僧看,曰:"你们看这个是什么东西?"八戒说:"不知道。"沙僧说:"是人参果。"行者说:"好啊,你倒认得。你曾在何处吃过?"沙僧说:"小弟旧时做卷帘大将,常见海外诸仙将此果与玉皇上寿。虽曾见过,却未曾吃。哥哥可与我少许尝尝?"行者说:"不消讲,兄弟们一家一个。"他三人将三个果个个受用。那八戒食量大,口又大,拿过来咕噜一口吞咽下肚,却问行者、沙僧曰:"你两个吃得有何滋味?"行者说:"你倒先吃了,为何又来问?"八戒说:"要紧吃着,我也不知有核无核。哥啊,你再去弄一个来,老猪细细地吃吃。"行者说:"兄弟,你好不知足。这个东西,我们吃着也是大有缘分。一之为甚,其可再乎?"

那呆子只管絮絮叨叨地唧哝,不期那两个道童复进房来,只听得八戒唧唧哝哝,吃了人参果,似像不快活,再要想吃。清风听见心疑,向明月道:"你听那长嘴和尚讲人参果,还要个吃吃。莫非是他偷了我们宝贝?"明月回头说:"哥哥,不好了,金击子如何落在地下?我们且到园里看看来。"二人急走去,只见花园开了,菜园门也开了。忙入人参园里,倚在树下往上查数,只得二十二个。明月说:"果子原是三十个,师父开园,分吃了两个,适才打两个与唐僧吃,还有二十六个。如今只剩得二十二个,岂不少了四个?不消讲,是谁的恶人偷了!"两个走出园门,径来殿上,指着唐僧一阵乱骂,污言秽语不绝于口。唐僧听不过,说:"仙童啊,你们为何要闹?"清风说:"你的耳聋!你偷窃了人参果,何犹不容我说?"唐僧说:"人参果如何模样?"明月说:"才拿来与你吃,你说像个孩童的不是?"唐僧说:"阿弥陀佛。那东西一见,我就心惊胆战,岂还敢偷他吃?不要错怪了人。"清风说:"你虽不吃,还有手下人恐要偷吃。"三藏说:"这也说得是。"高叫一声:"徒弟都来。"沙僧听见,说:"不好了,一定是人参果的事发了。"行者说:"活羞煞人。这个不过是饮食之类,若说出来,就是我们贪嘴,亦不要紧。"三人走上殿去。

三藏说:"徒弟,他这观里说有人参果,你们是谁一个偷吃他?"八戒说:"我老实不晓得。"清风指着行者说:"笑的就是他。"行者喝道:"我生就这个笑容,岂是不见了果子就不容我笑?"三藏说:"徒弟,我们是出家人,休打诳语,莫吃昧心食。如果吃了他,赔他个礼吧,何苦如此抵赖。"行者见师父说得有理,就直说道:"师父,不干我事。是八戒听见那两个道童吃,他想一个尝新,着老孙去打了三个,我兄弟三人各吃了一个。现在究要如何?"明月说:"偷了我四个,还说不是贼么?"八戒说:"阿弥陀佛。既是偷了四个,为何只拿出三个来分?那一个恐已藏匿了。"二童闻得是实,越加毁骂。大圣这时愤极,弄得个钢牙咬响,火眼睁圆,意谓:"这童子如此可恶,等我送他一个绝后计,叫他大家都吃不成吧!"他即把脑后的毫毛拔了一根,变作个行者,陪着悟能、悟净;本身却纵云头跳将起去,径到人参园里,掣金箍棒往树上乒乒乓乓几下,再用手一推,把树推倒。随即收了毫毛,与唐僧等一齐出门西去。

后来二道童到园中,见树倒果空,只叫如何是好,师父回来如何回话。明月说:"没有别人,定是那个毛脸和尚做的事。"正说间,那大仙已回到观中。走入园内一看,二童犹乱嚷未已,见了师父,就叩头道:"师父啊,尔那故人东来的和尚原来是一伙强盗,十分凶狠。"大仙笑道:"如何凶狠?"二童将上项事细说了一遍,止不住伤心泪落。大仙闻言并不恼怒,向二童道:"莫哭,莫哭。尔不知那姓孙的也是个天上散仙,他曾经大闹天宫,神通广大。既然打倒了宝树,叫他赔来便是。"言讫即与明月、清风纵起云头来赶三藏,在云端间向西一看,不见。仙童指着那一边道:"师父路边树下坐的是唐僧。"大仙即按落云头,摇身一变,变作个行脚真人,手摇尘扇,径到树下,对唐僧高叫道:"长老,贫道稽首。"那长老忙答礼说:"失迓,失迓。"大仙问长老是何方来的,三藏说:"贫僧乃东土大唐差往西天取经者。"大仙佯叫曰:"长老东来,可曾在荒山经过?"长老说:"不知仙宫是何宝山?"大仙说:"万寿山五庄观便是。"行者忙答道:"不曾,不曾。我们是上路来的。"那大仙指定笑曰:"我把你这个泼猴骚扰。你还瞒谁?你到我观里,连人参果树也打倒,即行逸去。不要走,趁早去还我树来。"行者闻言,心中懊丧,掣铁棒不由分说向大仙劈头就打。大仙侧身躲过,踏祥光径到半空,现了本相。那行者没高没低的棒子乱打,大仙把玉麈左遮右挡,忽地用一个袖里乾坤的手段,在云端里把袍袖轻轻地一展,把四僧连马一袖子笼住,径回观中坐下,叫徒弟拿绳伺候。你看他却像撮傀儡一般,从袖子里把他四个逐个取出,每一根柱上绑了一个,将马拴在庭中,行李抛在廊下。又叫徒弟取出皮鞭来:"且将这些和尚打一顿,与我人参果出气。"众仙急忙取出一条龙皮做的七星鞭,是着水浸的。一个小童把鞭执定道:"师父,先打哪个?"大仙说:"唐三藏约束徒弟不严,先打他。"行者闻言道:"先生差了。偷果子是我,吃果子是我,推倒树也是我,为何不先打我,打他何为?"大仙笑道:"这泼猴言语倒刚烈。就先打他。"小童问打多少,大仙说:"照着果数打三十鞭。"那小童执鞭就打。行者恐仙家法大,睁眼看打在何处,原来打腿。行者就把腰扭一扭,叫声"变",变作两条熟铁腿,任他打了三十下。天早响午,大仙又道:"还该打三藏,纵放顽徒撒泼。"那仙又抡鞭来打,行者道:"先生又差了。偷果子是我,我师父不知,是我兄弟们做的勾当。纵是有罪,我为弟子的也当替打。再打我吧。"大仙道:"这泼猴虽是狡猾奸顽,却倒也有些道理。既如此,还打他吧。"小童又打了三十。行者低头看看,两只腿似明镜一般,通打亮了,并不知有疼痛。此时天色将晚,大仙说:"且把鞭子浸在水里,待明日再打。"遂个个归房安寝不提。

那长老泪眼双垂,怨他三个徒弟说:"尔等撞出祸来,却带累我在此受罪,如何是好。"行者说:"且莫要嚷,再停一息走路。"正话时早已万籁无声,行者把身子小一小,脱下索来,说:"师父,去呀。"他却解了三藏,放下八戒、沙僧,收拾了行李马匹,一齐出了观门。又教八戒把柳树伐四棵来,将枝梢折下,复进去,将原绳照旧绑在树上。那大圣念动咒语,咬破舌尖,将血喷在树上,叫"变",一根变作长老,一根变作自身,两根变作沙僧、八戒,相貌皆同,也会说话答应。他两个乃放步走出,赶上师父。这一夜仍旧马不停蹄。走到天明,那长老在马上停鞭打盹,行者见了,说:"师父疲倦,且在山坡下歇歇再走。"

正在歇时，忽遇见大仙，问："何处去，还我人参树来。"唐僧闻言，战战兢兢，未曾答应。他兄弟三众各举神兵，一齐上前把大仙围住，在空中乱打。那大仙只把蝇帚儿演架。有半个时辰，他将袍袖一展，依然将四僧一马并行李一袖笼去，返云头又到观里。坐于殿上，却又在袖儿里一个个搬出，将唐僧绑在阶下绿槐树上，八戒、沙僧各绑在两边树上，将行者捆住。又把长头布取十匹来，将唐三藏、猪八戒、沙和尚都使布裹了。行者笑曰："好好好，人尚活着，就大殓了。"须臾，缠裹已毕。又教拿出漆来。众仙即忙取了些生熟漆。教把他三个布裹漆了，浑身俱裹漆，只留着头脸在外；又教抬出一口大锅支在阶下，架起干柴烈火，把清油倒上一锅，吩咐说："要烧得滚，将行者炸他一炸，与我人参树报仇。"行者闻言，暗笑道："正合老孙之意。我一向不曾洗澡，皮肤倒也瘙痒。一入此锅，身子亦好舒服，具感盛情。"顷刻间油锅将滚，大圣却又恐他仙法厉害，认真炸死，急回头四顾，只见那台基四边有一个石狮子。行者将身滚到西边，咬破舌尖，把那狮子喷了一口气，叫声"变"，变作他本身模样，也照式捆作一团；自己却出了元神，起在云端里，低头看着。

不到一刻工夫，只见小仙报道："师父，油锅滚透了。"大仙教把孙行者抬下去。四个童儿抬不动，又加四个，也抬不动。众仙道："这猴子小虽小，倒也结实。"却教二十个小仙扛将起来，往锅里一掼，咚的响了一声，溅起许多滚油点子，泼在小童们脸上,烫了几个燎浆大泡。只听得烧火的喊道:"锅漏了,锅漏了!油漏尽了!"锅底破了,原来是一个石狮子在里边。大仙大怒道:"这个泼猴实在无礼,在我当面敢做手脚!你走了也便罢了,为何又捣了我的灶?这泼猴真拿他不住,就拿住他,也似抟沙弄汞、捉影捕风。罢罢罢,饶他去吧。且另换新锅,将唐三藏炸一炸,与人参树报报仇吧。"那行者在半空里听得,连忙按落云头,上前叉手道:"莫要炸我师父。还等我来下油锅。"大仙骂道:"你这猴子倒会弄手段,捣了我的灶。"行者笑道:"你遇着我,就该倒灶。"大仙闻言呵呵冷笑,走出殿来,一把扭住。行者道:"你不要扭住我。你解了师父们,我还你一棵活树如何?"大仙道:"若医得树活,我与尔八拜为交,结了兄弟。"行者道:"好,好。"大仙谅他走不脱,即命解放了三藏、八戒、沙僧。那行者辞别大仙,即对三藏、八戒、沙僧道:"师父们在此,我三日内必来。"

说毕,纵一筋斗云,经上东洋大海,早到蓬莱仙境。正走处,见白云洞外松荫之下,有三个老儿围棋。观局者寿星,对局者福星、禄星。因将五庄观阻滞难行特来求教之故说了一遍。三老道:"五庄观是镇元大仙的仙宫,你莫不是偷吃他的人参果了?那果子叫作万寿草还丹,天下只有此种灵根。"行者说:"灵根,灵根,我已将根弄断了。"三老惊曰:"若何断根?"行者便将偷果推树、被他赶捉不能脱身事一一说来,要求医树的方法,要想救唐僧脱身。三老说:"打杀他项动物,用我黍米之丹可以救活;那人参果乃仙木灵根,如何医法?没方,没方。"那行者见说无方,就想起方丈仙山东华帝君或能有此医方,一筋斗云便到山前。正看时,见帝君劈面而来,急忙鞠了躬,将来意说明,求赐一方医治。帝君说:"我有一粒九转太乙还丹,但能医治世间生灵,却不能医树。若是凡间的果子还可,这万寿山乃先天福地,五庄观乃净土洞天,人参果乃天开地辟之灵根,如何可治?没方,没方。"行者说:"既然没方,老孙告别。"遂驾云直到普陀岩上。见观音菩萨在紫竹林中与诸天大神、木吒龙女讲经说法,即趋前礼拜,参拜菩萨。菩萨问其来意,行者将前情陈述一遍,菩萨道:"你为何不早来见我?"行者闻言,心中暗喜,即上前恳求。菩萨说:"我这净瓶底的甘露,善治得仙树灵苗。"行者道:"可曾经验过否?"菩萨说:"当年太上老君曾与我赌胜,他把我的杨柳枝拔了去,放在炼丹炉里炙得焦干,送来还我。我就插在瓶中,一昼夜复得青枝绿叶,与旧相同。"行者笑道:"真好,真好。烘焦了的尚能得活,况此推倒的更是容易。"菩萨吩咐大众看守林中:"我去去即来。"

菩萨吩咐既毕,遂手托净瓶,骑了白鹦哥,令孙大圣随后相从。无何,按落云头,即到观里。菩萨与镇元子讲话,那行者在阶前引唐僧、八戒、沙僧都拜了,观中诸仙也来拜见。行者说:"大仙不必迟疑,趁早请菩萨替你治那树去。"

大仙即命打扫后园、设具香案,请菩萨先行,众人随后。都到园内观看时,那棵树倒在地下,土出根现、叶落枝枯。菩萨叫悟空伸手来,那行者将左手伸开,菩萨将杨柳枝蘸出瓶中甘露,把行者手心里画了一道起死回生的符,令他捏着拳头,往那树根底下揣着。但见有清泉一注,急用玉瓢舀起,扶起树来,从头浇下,自然回生。行者如法试验,不到一刻,那树根底下果有清泉涌出。大仙即命小童取出有三五十个玉盏玉杯,却将那根下清泉舀起。行者、八戒、沙僧扛起树来,扶得周正,拥上土,将玉器内甘泉一瓯捧与菩萨。菩萨将杨柳枝细细洒上,口中又念着经咒,不多时已将那舀出之水洒完,见那树果然依旧青枝绿叶、浓郁阴森,上有二十三个人参果。清风、明月二童讶曰:"前日不见了果子时,颠倒只数得二十二个,今日回生,为何又多了一个?"行者说:"日久见人心。前日老孙只偷了三个,那一个落在地下,想已入土。八戒疑我藏匿,到如今才见明白。"那大仙十分欢喜,用金击子把果子敲下十个,请菩萨复回宝殿,大开人参果会。菩萨上座,其余依次环座,各食人参果讫。行者谢了菩萨,菩萨驾起云头,仍回普陀岩去了。镇元子欲践前言,与行者结为兄弟,于是彼此欢洽而散。

  偷窥之事,乃最是不道德的行为。孙行者当时顽劣异常,故时有此种卑鄙手段。我想,行者成正果以后回想起来,必是要懊悔不及的。

红孩儿

国韵小小说

红孩儿

话说唐三藏往西天取经的时候,带着三个徒弟,一名孙行者,一名猪八戒,一名沙僧,皆精通法术,孙行者本领尤为高强。本都是精怪,改邪归正,保护唐僧前往取经。一路行去,须过一乌鸡国。乌鸡国里有一座高山,山坳里有一朵红云,直冒到九霄云外,结聚了一团火球。原来红光里有一妖精,他数年前闻得东土有个往西天取经的唐僧,乃是金蝉长老转生十世修行的好人,有人吃他一块肉,延寿长生。他朝朝在山间等候,一日知唐僧将过此山,散了红云,按云头落下山坡里。摇身一变,变作七岁顽童,赤条条的身上无衣,将麻绳捆了手足,高吊在松树梢头,口口声声只叫救命救命。三藏策马前进,三个徒弟随着。正行时,只听得叫声"救命",抬头一看,原来是个小孩童赤条条的吊在树上,心中甚是不忍,急叫徒弟猪八戒割断绳索放下来。那怪向着唐僧泪汪汪只管磕头,唐僧心慈,便叫:"孩儿,你上马来,我带你去。"那怪说:"师父啊,我手脚都吊麻了,腰胯疼痛,且是乡下人家,不惯骑马。"唐僧叫八戒驮着,那怪抹了一眼,说:"师父,我不敢要这位师父驮,他脑后鬃掬得我疼。"唐僧教徒弟水怪沙和尚驮着,那怪又不要。唐僧乃教徒弟猴精孙行者驮着,行者呵呵笑曰:"我驮,我驮。"那怪暗自欢喜,顺顺当当地要行者驮他。行者试了一试,只有三斤十两重,笑曰:"你这个泼怪物,今日该死了,如何在老孙面前捣鬼?我认得尔是个恶怪儿。"那怪说:"师父,我是好人家儿女,不幸遭此大难。"行者说:"你既是好人家儿女,为何骨头有如此之轻?"那怪说:"我骨骼小,故轻。"行者说:"也罢,我驮着尔。若要尿屎粑粑,须对我说。"于是遂随着唐僧径投西去。

孙行者驮着,心知是魔,算计要掼杀他。那怪早知觉了,就使个神通,往四方吸了四方气,吹在行者背上,便觉重有千斤。行者笑曰:"我儿啊,你为何弄重身法压我老爷?"那怪恐怕行者伤他,却就出了元神,起去伫立在九霄空里。行者背上越驮越重,不觉发怒,抓过来向路旁石头上呼啦一掼,掼得像个肉饼一般,又将他四肢扯碎,丢在路旁。那怪空中看着,忍不住心头火气,说:"这猴和尚十分怠懒,若不乘此时拿了唐僧,更待何时!"随即在半空里弄了一阵旋风,呼的一声响亮,走石扬沙,刮得那三藏马上难存,八戒、沙僧低头掩面。行者情知是怪物弄风,急纵步来迎时,那怪已将唐僧摄去了。一时间风声顿息,日色光明。行者上前叫八戒,那呆子爬起来说:"哥哥,好大风啊。"又问师父在何处,八戒说:"风来得紧,我们都藏头遮眼,各自躲风,师父也伏在马上的。如今却不见影踪,难道是个灯草做的,一阵风卷去了不成?我们快去寻那妖怪,救师父去。"三个人绕山转洞,行经有五六十里,却也没个音信。后来遇着山神土地,告以前边山中有一座火云洞,洞中有个妖精,是妖精牛魔王的儿子,乳名叫作红孩儿,号叫"圣婴大王"。他曾在火焰山修行三百年,炼成一种神火,牛魔王使他来镇守号山。行者闻言,满心欢喜,对八戒、沙僧说:"兄弟们放心,师父决不伤生。妖精与老孙有亲,原来他是牛魔王的儿子,名叫红孩儿。想我老孙五百年前,曾与那牛魔王结拜七兄弟。这妖精既是他儿子,若论起来,还该叫我老叔,他焉敢害我师父?我们趁早去。"八戒笑曰:"好好,快去快去。"一路前进,果见有一座石板桥,通着洞府,知必是妖精住处。行者叫沙僧将马匹、行李藏在树林下,已与八戒各持兵器,走到洞门外。见有一座石碣,上镌"号山火云洞"五字。正看时,忽见洞口一群小妖抡枪舞剑。行者厉声叫曰:"快报尔洞主,教他交出我唐僧师父来,免尔等性命。"小妖闻言,急入报告去了。

那怪自把三藏拿到洞中,剥了衣服捆在后院里,着小妖扛水洗刷。正要上笼蒸吃,忽听得有个毛脸雷公嘴的和尚,带一个长嘴大耳的和尚,在门前说要索还唐僧师父。那怪冷笑曰:"必是孙行者与猪八戒。我正要寻他。"手中执着一杆丈八长的火尖枪,也无盔甲,腰间束一带锦绣战裙,赤着脚走出门前,高叫一声:"谁在我这里吆喝!"行者笑曰:"贤侄,是我。尔今早把我师父摄将去,趁早送出,不要破了面皮,失了亲情。"那怪闻言,心中大怒,喝道:"哪泼猴头,我与尔有何亲情!谁是尔贤侄!"行者说:"哥子,尔不晓得,我乃五百年前大闹天宫的齐天大圣孙悟空。我当时专慕豪杰，尔令尊叫作牛魔王，称为平天大圣，与我老孙结为七兄弟，做了大哥，老孙排行第七。尔当时还未出世。"那怪闻言，如何肯信，举起火尖枪就刺。行者抢起铁棒骂曰："尔这小东西，不识高低。看棒！"他两个各使神通，跳在云端里，战经二十合不分胜败。猪八戒在旁看得明白，妖精虽不败阵，却只是遮拦隔架，全无攻杀之能力。他即抖擞精神，举着九齿把，在空中向妖精劈头就砍。那怪见了心惊，急拖枪败下阵来。行者、八戒赶到他洞门前，只见妖精一只手举着火尖枪，一只手捏着拳头，向自家鼻子上捶了两拳，捶破皮，淌出血来，搽红了脸。谁知他念个咒诀，口里喷出火来，鼻子里浓烟迸出，眨眨眼，火焰齐生。连喷了几口，那红艳艳大火烧空，把一座火云洞烟火迷漫。八戒慌了，说："我辈若钻在火里，莫想得活。把老猪弄做个烧熟的，加上香料，尽他受用，岂不该死。快走快走。"行者捏着避火诀撞入火中寻那怪。那怪见行者来，又吐上几口，那火比前更加厉害，烟火飞腾。行者看不见洞门路径，急抽身跳出大火。那妖精看得明白，见行者走了，连忙收拾火具，率群妖转入洞内，闭了石门，以为得胜，欢笑不尽。

孙行者跳出大火走了后，与沙僧、八戒商议，决计用以水克火法，对二人说："尔辈等着，待老孙去东海大洋向龙王借些水来，泼灭妖火，捉这泼怪。"即纵云离火云洞，顷刻到东洋,使避水法分开波浪,径到水晶宫里,见了老龙王敖广,说:"有一事相烦。我师父唐僧经过号山火云洞,有个红孩儿妖精把他拿去。老孙与他交战,他却放出火来,我们胜不得他。想着水能克火,特求尔去与我下场大雨,泼灭妖火,救唐僧一难。"龙王说:"大圣若要求雨,我却不敢擅专。须得玉帝旨来,会了雷公、电母、风伯、云童,才能行得。"行者说:"我也不用着风云雷电,只是要些水灭火。"龙王说:"既如此,待我邀舍弟们来,同助大圣一臂之力吧。"随即邀齐了南海、北海、西海龙王,同领着龙兵,不多时早到号山。行者说:"敖氏昆玉,汝等且停于空中,让老孙与他赌斗。若赢了他,不须列位捉拿,但是他放火时,可听我呼唤,一齐喷水。"龙王俱如号令。行者却入松林中,见了八戒、沙僧,一一告知,即跳到洞门首叫门。小妖听见即去报道:"孙行者又来了。"那红孩急纵身挺着长枪,走出门对行者说:"尔为何又来?"行者说:"还我师父来!"掣棒劈头就打。那怪使火尖枪急架相迎,战经二十回合。那怪见不能取胜,虚晃一枪,急抽身捏着拳头,又将鼻子捶了两下,却又喷出火来,口眼中赤焰飞腾。大圣回头叫曰:"龙王何在?"那龙王兄弟率众大族,向妖精火光里喷下水来。那水淙淙大下。谁知妖精的火势原来是神火,龙王喷水,只好泼得凡火,那神火如何可熄?非但不能熄,好似火上浇油,越泼越灼。龙王只得收了水去。大圣念着诀,钻入火中,抡棒寻妖要打。那怪见他到来,一口烟又劈面喷去。行者急回头,熏得眼花缭乱,忍不住泪落如雨。原来大圣不怕火,只怕烟。当年大闹天宫时被老君放在八卦炉中,不曾烧坏,只是风搅得烟来,把他炒作火眼金睛,故至今只怕烟。那妖又喷一口,行者挡不住,纵云头走了。那妖却又收了火具,回归洞府。大圣是时弄得一身烟火,暴躁难禁,径投入涧水内一滚。谁知被冷水一逼,火气攻心,浑身冰冷,佥在水面。沙僧到涧边见了,急忙跳在水中,抱上岸来,吓得要哭。八戒说:"兄弟莫哭,等我掩住他的七窍,用一个按摩法,须臾苏醒。"二人扛着行者一同到松林下坐定。行者醒了,叫一声:"兄弟们,老孙吃了亏也!"两眼泪流不止。又叫:"师父苦啊!"沙僧说:"哥哥且休哭,请兵救我师父可也。"行者说:"那怪神通不小,除非去请观音菩萨才好。"八戒一想:"大圣有恙,架不起筋斗云,只好我往。"就驾着云向南而去。

那怪在空中观看,见八戒往南去,必然是请观音菩萨。忙按下云,叫小妖们预备拿出一只如意皮袋,在此守候。己则驾上云头,赶过了八戒,端坐在壁崖之上,变作一个假观世音模样等候着。那八戒正纵云行处,忽然望见菩萨。他焉能识得真假,即趋前下拜曰:"菩萨,弟子猪悟能叩头。"那怪说:"你不保唐僧去取经,却见我有何事?"八戒说:"弟子因与师父行至中途,遇着号山火云洞红孩儿妖精,把我师父摄了去。弟子师兄寻上门与他交战,他原来会放火。头一阵不曾得赢,第二阵请龙王助水,也不能灭火。师兄被他烧坏了,不能行动,着弟子来请菩萨。万望慈悲,救我师父一难。"那怪说:"火云洞洞主却不会伤生,一定是你们先冲撞他。"八戒说:"我不曾冲撞,是师兄悟空冲撞他的。他变作一个小孩儿吊在树上,师父教我解下来,着师兄驮他。师兄掼了他一跤,他就此弄风,把师父摄去了。"那怪说:"尔起来,跟我进洞里去,见洞主说个人情。尔赔一个礼,就可把尔师父讨出来。"八戒不知好歹,跟着他径回旧路,顷刻间到了门首。那怪说:"尔休疑忌,他是我的故人。快跟我进来。"八戒只得举步入门。众妖一齐呐喊,将八戒捉住,装入袋内,束紧了口绳,高吊在梁上。那怪遂现了本相,预备蒸熟猪八戒,赏小的们下酒。

　　孙大圣与沙僧正坐,只见一阵腥风刮面而过。他就打了一个喷嚏,曰:"不好不好,这阵风凶多吉少。想是猪八戒走错了路,撞见妖精了。尔坐在此处看守,等我去打听打听。"沙僧说:"师兄腰疼,等小弟去吧。"行者说:"尔不济事,还让我去好。"行者咬着牙,忍着疼,拈棒走到洞叫声:"妖怪!"那小妖又急入通报:"孙行者又在门首吆喝。"妖王传令叫拿,那小妖枪刀簇拥,齐声呐喊开门,都道拿住拿住。行者果然疲倦,不敢相迎,将身钻在路旁,念个咒语,叫变,即变作一个销金包袱。小妖看见,取了进去报道:"大王,孙行者怕了。听见说一声拿,慌得把包袱丢下走了。"妖王笑曰:

"那包袱谅也不甚值钱。"遂不以为事,丢在门内。好行者,假中又假,虚里还虚,即拔根毫毛,变作个包袱一样。他的真身,却又变作一个苍蝇,停在门枢上。只听得八戒在里边嘤嘤地哭。行者飞了去寻时,原来他吊在皮袋里。正欲设法解救八戒出来,被洞中小妖看住,下不得手。就此回到林中,摇身一变,现了本相,对沙僧说:"呆子已找着了。"即将过去之事说明。复纵起筋斗云,径投南海去请菩萨。一到落伽崖上,见了菩萨,将欲救师父及红孩儿之事说了一遍。菩萨说:"既如此,何不早来请我?"行者说:"本欲来请,因弟子被烟熏坏了,不能驾云,却教猪八戒来请菩萨。途中被那怪骗入洞中,现吊在皮袋里。"菩萨闻言,心中大怒,曰:"那泼妖敢如此猖獗!"就拿着净瓶,急要动身去救唐僧。原来净瓶内甘露水能灭妖火。菩萨出潮音仙洞,叫悟空先过海去。行者磕头说:"弟子不敢在菩萨面前施展。若驾起筋斗云、掀露身体,恐得罪菩萨。"菩萨即着善财龙女到莲花池里劈一瓣莲花放在水上,叫行者:"尔上去。"行者说:"菩萨,这花瓣儿如何载得我起?"菩萨说:"尔且上去看。"行者只得往上一跳,果然先见轻小,到上面比海船还大三分。因欢喜曰:"菩萨,载得我了。"菩萨说:"既载得,如何不过去?"行者说:"没有篙桨篷桅,如何好去?"菩萨说不用,只把他一口气吹开,早过南洋苦海,得登彼岸。到了号山,菩萨住下祥云,念一声唵字咒语,只见那本山土地众神都到菩萨宝莲座下磕头。菩萨说:"汝等俱莫惊张。我今来擒此泼妖,要与我把山周围打扫干净。"众神遵依而去,须臾来回复讫。菩萨遂把净瓶扳倒,呼啦啦倾出水来,就如雷响一般。大圣见了,暗中赞叹:"果是大慈大悲的菩萨。"菩萨叫悟空伸过手来,行者即将左手伸出。菩萨折杨柳枝蘸甘露,把他手心里写一个"迷"字,教他捏着拳头:"快去与那妖精索战,许败不许胜。引他来到我跟前,我自有法力收服。"行者领命,径来洞口叫门。小妖又进去通报,那怪说:"关了门,莫睬他。"行者叫曰:"好儿子,把老子赶在门外。还不开门!"那怪只叫莫睬他。行者大怒,举铁棒将门打破。那怪见打破他门,急纵身跳将出去,挺长枪劈胸便刺。行者将身一晃,藏在那菩萨的神光影里。那怪近前,睁眼对菩萨说:"尔是孙行者请来的救兵?"菩萨不答。那怪向菩萨劈心刺一枪来,菩萨化道金光,走入云端里面,把杨柳枝垂下,念声咒语。那怪自身的枪化作一个刀山,身子却坐在刀山上,两腿流血不止,疼痛无比,乱叫:"菩萨,饶我性命!再不敢为恶,情愿皈依。"菩萨下降近前说:"尔能改过,须摩顶受戒。"就袖中取出一把金剃头刀,近前与那怪分顶剃了,与他留下三个顶搭,挽起三个窝角揪儿。行者在旁笑曰:"这妖精太晦气,弄得不男不女,不知像个如何东西。"菩萨说:"尔今既受戒,我却也不慢尔,称尔作善财童子如何?"那怪点头受戒,只望饶命。菩萨却用手一指,叫声:"退!"只听得当的一声,天罡刀都脱落尘埃,那童子身躯不损,野性犹未驯顺。再拿起长枪往菩萨劈脸就刺,恨得个行者抡棒要打。菩萨只叫:"莫打,我自有法惩治。"却向袖中取出一个金箍儿来,说:"这宝贝原是我佛如来赐我的金、紧、禁三个箍儿。紧箍儿先与尔戴了,禁箍儿收了守山大神,这个金箍儿未曾舍得与人。今观此怪无礼,与他吧。"好菩萨即将箍儿迎风一晃,叫声"变",变作五个箍儿,往童子身上抛了去,喝声着,一个套在他头顶上,两个套在他左右手上,两个套在他左右脚上。菩萨念着诀,默默地念了几遍,妖精疼得搓耳揉腮,攒蹄打滚;忽住口,那妖就不痛了。自是红孩儿归入正果,菩萨还落伽山。行者急到洞中救出师父,又解下皮袋,放出八戒。方要到林下去看沙僧,那沙僧等待已久,出林外一探,看见唐僧行者等,欣喜赶来,劈面迎着行者说:"哥哥,尔何为这半日才来?"行者将菩萨收妖的法力备陈一遍。大家欢欢喜喜,休息休息,不一时又向西而行,取经去了。

  此一段故事,足见逞强为恶者,虽以红孩儿之厉害,犹被收服,邪不胜正,终归失败,而不能占优胜也。由此言之,人又岂可逞强为恶,趋邪途而不循正轨哉?

天河怪

国韵小小说

天河怪

唐僧同徒弟孙行者、猪八戒、沙和尚至西天取经,有一日到了车迟国元会县里,遇着一个老者。孙行者上前问他:"此处是什么地方?"老者道:"是元会县。舍下在陈家庄,此去不过三里。列位可到舍下休息休息。"行者一想,腹内已饥,正欲投斋,姑且去去也好,闻老者相邀,即与唐僧偕往,须臾就至。献过了茶,又欲备斋,唐僧等一齐鞠躬致谢,说道不敢不敢。唯见老者家中正有斋事,遂问才做的是什么斋事。那老者含泪道:"是一场预修亡斋。"行者道:"什么叫作预修亡斋?"老人道:"列位不知么?此处陈家庄有一座灵感大王庙,这大王一年一次祭赛,要一个童男、一个童女、猪羊牲醴供奉他。他一顿吃了,保合境风调雨顺;若不祭赛,就要降祸生灾。"行者道:"你府上几位令郎?"老者捶胸道:"可怜,可怜!说什么令郎!"正说间,里边走出一人,那老者道:"这个是我舍弟,名叫陈清,今年五十八岁;老拙叫作陈澄,今年六十三岁。我只生得一女,今年才交周岁,取名叫作一秤金;舍弟有个儿子,今年七岁了,取名叫作陈关保。我兄弟二人只得这两个宝贝,不期目今轮到我家祭赛,又不敢不献,为此难割难舍。先与孩儿做个超生道场,故曰预修亡斋。"唐僧闻言,悲痛不已。

行者见师父慈悲,心生一计,连忙去问二老道:"老公公,你府上有多大家私?"二老道:"水田、旱田共有五百亩,舍下也有吃不完的陈粮、穿不了的衣服,家财产业确有不少。"行者道:"既有如此家私,不如花几两银子买了两个,以他人儿女代自己儿女,却不是好?"二老垂泪道:"老爷你不知道,大王很灵通,常常到人家行走,来时一阵香风,大家焚香下拜。我家老幼生时年月,大王都晓得,我们亲生儿女,他早早认识。除非买一个面貌相像、同年同月的,然焉能有此巧事?如果真有,不要说一百五十两,即一千五百两,也非所惜。"行者道:"既如此,你且抱你令郎出来我看看。"那陈清急入里面,将关保儿抱出厅上,放在灯前。小孩儿哪知死活,笼着两袖果子,蹦蹦跳跳地吃着耍子。行者见了,默默念咒,摇身一变,变作那关保儿一般模样,与两个小孩儿搀着手在灯前跳舞。吓得那老者慌忙跪下道:"老爷!你何以变作我儿一样!恐折了我们年寿,请现本相。"行者把脸抹了一把,就现本相,对陈清道:"可像你儿子么?"陈清道:"像像像,果然一般无二。"行者道:"我今替这个孩儿性命,代祭赛去。留下你家香火后代何如?"那陈清跪地磕头道:"老爷果发慈悲替得,我送白银一千两,与唐老爷做盘缠,往西天去。"行者道:"何不谢谢老孙?"陈清道:"你已替祭,被大王吃了,只好做佛事谢你。"行者道:"他敢吃我!"陈清道:"不吃你,好道嫌腥。"行者笑道:"各从天命。吃了我,是我的命短；不吃，是我的运气。我代你儿祭赛去。"

那陈清只管磕头相谢，又允送银五百两。唯陈澄也不磕头，也不说谢，只是倚着那屏门痛哭。行者上前扯住道："老大，你想是舍不得你女儿么？"陈澄才跪下道："是舍不得。敢蒙老爷盛情，已替了我侄子也够了。但只是老拙无儿，只此一女，就是我死之后，也有她哭得痛切些，如何舍得！"行者道："你快快去备饭治菜，与我那长嘴师父吃。教他变作你的女儿，我兄弟同去祭赛，索性行行好事，救你两个儿女性命如何？"那八戒听得大惊道："哥哥你要修点阴骘，不要不管我死活就来攀扯我。"行者道："贤弟，常言'救人一命，胜造七级浮屠'，且你也有三十六般变化，大可做做好事。"八戒道："我只会变山，变树，变石头，变癞象、水牛，变大肚汉还可，若是叫我变小女儿，却有几分难处。"行者道："老大莫信他，抱出你令爱来看看。"陈澄急入里边，抱女儿一秤金到了厅上。家中老幼内外都出来磕头礼拜，只请救孩儿的性命。那女儿浑身穿得花花绿绿的，拿着果子吃哩。行者对八戒道："这就是女孩儿，你快变得像她，我们祭赛去。"八戒道："似这般小巧俊秀，如何好变！"行者叫："快些！莫讨打！"八戒慌了，念动咒语，把头摇了几摇，叫变，真个变过头来，就也像个女孩儿面目，只是胖大得不像。行者笑道："再变再变。"八戒道："凭你打吧！变不过来奈何！"行者道："莫成是丫头的头、和尚的身子，弄得不男不女。你快好好儿变来!"他就吹一口仙气,果然即时把身子变过,与那女儿一般。便教二位老者:"你请宝眷带令郎、令爱进去,可将好果子与他吃,不可任他哭叫,恐大王一时知觉,走了风声。等我二人去耍耍吧。"大圣又问是什么供奉法,是细了去、绑了去、蒸熟了去,抑砍碎了去。八戒道:"哥哥莫要弄我,我没这个本事。"老者道:"不敢不敢,只是用两个红漆丹盘,请二位坐在盘内,放在桌上,把你们抬上庙去。"行者道:"好好。拿盘子出来,我们试试看。"

那老者郎取出两个丹盘,行者与八戒坐上,四个后生抬起两张椅子,往天井里走走,又抬回放在堂上。行者欢喜道:"像这般抬着走走,我们也是上台盘的和尚了。"八戒道:"若是抬来抬去,两头抬到天明,我也不怕;只是抬到庙里,就要吃哩,这个却不是玩耍的。"行者道:"你只看着我,他要吃我时,你就走了吧。"八戒道:"如先吃童男便好,倘先吃童女却如何?"老者道:"常年祭赛时,我这里有胆大的,钻在庙后或者在桌底下,看见他先吃童男,后吃童女。"八戒道:"运气!运气!"正在谈论,只听得外面锣鼓喧天,灯火照耀。同庄众人打开前门,叫抬出童男童女来。那老者装着哭哭啼啼的样儿,与众人抬着童男童女至灵感庙里,放在上首。行者回头看,那供桌之上点了一对香花蜡烛,正面一个金字牌位,上写着"灵感大王之神"。众人摆列停当,一齐上前叩头道:"大王爷爷,今年今月今日今时,陈家庄祭主陈澄等谨遵年例,供奉童男一名陈关保、童女一名一秤金,猪羊牲醴如数奉上大王享用,保佑风调雨顺、五谷丰登。"祝罢,化了纸马,然后各回本宅。那八戒见人散了,对行者道:"我们家去吧。"行者道:"你家在哪里?"八戒道:"往陈老家睡觉去。"行者道:"呆子又乱谈起来了。既允了他,须与他了这愿心才是。"八戒道:"你倒不是呆子,反说我是个呆。只哄他耍耍便罢,什么就与他当起真来。"行者道:"做人须做彻。一定等那大王来吃了,方是个全始全终,不然又教他降灾降祸,岂不反害了他们?"

正说间,只听得呼呼风响。八戒道:"不好了。风响,恐是他来了。"行者只叫:"莫言语,等我对付他。"顷刻间,庙外来了一个妖邪,拦住庙门问道:"今年祭祀的是哪家?"行者笑吟吟地答道:"承情下问。庄头是陈澄、陈清家。"那怪闻言,心中疑虑道:"这童男胆大,言谈伶俐。常来供养的,问一声,不言语;再问声,吓了魂;用手去捉,已是死人。怎么今日这童男善能应对?"怪物不敢来拿,又问童男女叫甚名字,行者笑道:"童男陈关保,童女一秤金。"怪物道:"这祭赛乃常年旧规,如今供奉,我当吃你。"行者道:"不敢抗拒,请自在受用。"怪物听说,又不敢动手,拦住门喝道:"你莫顶嘴!我常年先吃童男,今年倒要先吃童女。"八戒慌了道:"大王还照旧吧!不要吃坏了例。"那怪不容分说,放开手就捉八戒。八戒扑地跳下来,现了本相,掣铁耙劈手一筑。那怪物缩了手，往前就走。只听得当的一声响，八戒道："他的甲筑破了！"行者也现本相来看，原来是水盘大小两个鱼鳞。说声"赶上"，二人跳到空中。那怪不曾带得兵器，空手在云端里问道："你是哪方和尚，到此欺人？"行者道："你这怪物原来不知，我乃东土大唐奉钦差往西天取经圣僧的徒弟。昨因夜寓陈家，闻有邪魔假号灵感，年年要童男女祭赛。是我等慈悲，拯救生灵，捉你这个泼物。趁早从实供来！你在这里称了几年大王，吃了多少男女，一个个算还我，饶你死罪！"那怪闻言就走，被八戒又一铁耙，未曾打着。他化作一阵狂风，钻入通天河内。行者道："不消赶他了。这怪想是河中之物，且待明日设法拿他，送师父过河。"八戒依言，径回庙里。把那猪羊祭礼连桌面一齐搬到陈家。此时三藏、沙僧共陈家兄弟正在厅上候信，忽见他二人将猪羊等物都丢在天井里，三藏便问祭赛之事何如，行者将那怪物之事说了一遍。二老十分欢喜，即命安排床铺，请他师徒就寝。

且说那怪得命回归水内，坐在宫中，默默无言。水中大小眷族问道："大王每年享祭回来欢喜，怎么今年烦恼？"那怪道："常年享毕，还带些余物与你等受用，今日连我也不曾吃得。运气不好，撞着一个对头，几乎伤了性命。"众水族问是谁。那怪道："是一个东土大唐圣僧的徒弟，往西天拜佛求经，假变童男童女坐在庙里。我被他现出本相，险些儿伤了性命。一向闻得人讲，唐三藏乃十世修行的好人，但得吃他一块肉,可延寿长生。"乃使个神通,将通天河内的水尽结成冰,待唐僧来渡此河,可设计赚他。果然唐僧取经心急,不待冰释,急欲踏冰而往。亦是唐僧该遭灾晦,行至河中,忽然冰裂,陷入水内。三人在后,得以幸免。大圣一想,"师父落水,亟宜援救,唯水性我不甚熟谙。"

此事只好请沙僧去。原来他是个流沙精,必能胜任。沙僧道:"哥啊,小弟虽是去得,但不知水底如何。我等大家都去,哥哥变作什么模样,或是我驮着你,寻着妖怪的巢穴。你先去打听打听师父消息,何如?"行者道:"兄弟说得有理。你们哪个驮我?"八戒暗喜道:"这猴子不知捉弄了我多少,今番老猪也好捉弄他。"即笑嘻嘻地叫道:"哥哥,我驮你。"行者就知其意,却便将计就计,教八戒驮着。沙僧剖开水路,兄弟们同入水底。行有百十里远近,那八戒要捉弄行者。行者随即拔下一根毫毛,变作假身,伏在八戒背上;真身变作一个猪虫子,紧紧地贴在他耳朵里。八戒正行,忽然打个踉踵,故意把行者往前一掼,扑地跌了一跤。原来那个假身本是毫毛变的,却就飘去无影无踪。

沙僧道:"二哥你怎么说,不好好儿走路,把大哥不知跌在哪里去了!"八戒道:"兄弟莫管他,你且往寻师父去。"沙僧道:"不好,还须他来。他虽不知水性,却比我们乖巧。若无他来,我不与你去。"行者在八戒耳朵里,忍不住高叫道:"悟净!老孙在这里!"沙僧听得笑道:"罢了,这呆子又上当了。你怎么就敢捉弄他！如今弄得闻声不见面，如何是好？"八戒慌得跪在泥里磕头道："哥哥，是我错了。待救了师父，上岸赔礼。你在哪里做声，请现原身出来，我驮着你，再不敢冲撞你了。"行者道："是你还驮着我哩。我不弄你，你快走快走。"那八戒絮絮叨叨，口中只管赔礼，爬起来与沙僧又进。又行有百十里远近，忽抬头望见一座楼台，上有"水鼋之第"四个大字。沙僧道："这方面是妖精住处，我两个该上门索战。"行者道："悟净，那门里外可有水么？"沙僧道："无水。"行者道："既无水，你藏隐在左右，待老孙去打听打听。"好大圣，爬离了八戒耳朵里，却又摇身一变，变作个长脚虾婆，两三跳跳到门里。睁眼看时，只见那怪坐在上面，众水族摆列两边。直至寻到宫后一看，见有个石匣，却像人家的猪槽，又似一口石棺材。只听得三藏在里面嘤嘤地哭哩。行者忍不住叫道："师父莫烦恼，老孙来了！"三藏闻得道："徒弟啊！且救我性命要紧。"行者道："你且放心，待我们擒住妖精，使你脱难。"急回头跳将出去，到门外现了原身，叫八戒、沙僧道："正是此怪骗了师父，师父被怪物盖在石匣之下。你两个快去讨战，让老孙先出水面。你若擒得他，就擒；擒不得，做个佯输，引他出来，等我打他。"那行者捏着避水诀，钻出河中，停立岸边等候。猪八戒闯至门前，厉声高叫："泼怪物！送我师父出来！"

门里小妖急入通报。妖邪道："这定是泼和尚来了。"教快取披挂兵器来。妖怪结束了,手执一根九瓣赤铜锤,开门出来,对八戒道:"你是哪里和尚,为何在此喧嚷?"八戒喝道:"你这打不死的泼物!你前夜与我顶嘴,今日如何推不知来问我!你弄虚头,假做什么灵感大王,专在陈家庄吃童男童女。我本是陈澄家一秤金,你不认得我么?"那妖道:"你这和尚真没道理!你变作一秤金,该一个冒名顶替之罪。我倒不曾吃你,反被你伤了我手背。你怎么又寻上我的门来?"提起兵器就打。沙僧见八戒一人恐不能取胜,亦掣宝杖上前夹攻。三人在水底下乱杀,斗经两个时辰,不分胜败。八戒料得不能赢他,对沙僧丢个眼色,二人诈败佯输,各拖兵器回头就走。那怪赶出水面,大圣在岸上眼不转睛,只看着河边水势。忽然见波浪翻腾,喊杀连天,八戒、沙僧都跳上岸道:"来了,来了!"那妖随后赶到,才出头,被行者喝道:"看棍!"那妖闪身躲过,使铜锤急架相还。只打了一下,那怪又淬入水里。行者闷闷不乐道:"这怪似此难捉,奈何!只得上普陀岩去拜问菩萨。"因急纵祥光,径赴南海,见了菩萨。施过礼,即高叫道:"菩萨!弟子孙悟空虔心朝礼。我师父有难,特来拜问通天河妖怪根源。"菩萨道:"你且在这里,待我出来。"行者等不多时,只见菩萨手提一个紫竹篮儿出来道:"悟空,我与你去救唐僧去来。"遂纵着祥云,腾空而去。大圣随后相跟,顷刻间到了通天河界。八戒与沙僧看见,一齐拜罢,菩萨即解下一根束袄的丝绦,将篮儿拴定，提着丝绦，半踏云彩，抛在河中，往上流头拉着，口里念道："死的去，活的住，死的去，活的住。"念了七遍，提起篮儿，但见那篮里亮灼灼一尾金鱼，还转眼动鳞。菩萨叫悟空："快下水救你师父。"行者道："未曾拿住妖邪，如何救得师父？"菩萨道："这篮儿里不是？"八戒与沙僧拜问道："这鱼儿如何有此手段？"菩萨道："他本是我莲花池里养大的金鱼，每日浮头听经，修成这手段。那一柄九瓣铜锤，乃是一根未开的菡萏，被他运炼成兵，不知是哪一日海潮泛涨，走到此间。我今早扶栏看花，却不见那厮出拜，算来便是他成精，害你师父，故此急来擒他。"行者道："菩萨，既然如此，且待片时，等我叫陈家庄众信人等看看菩萨的金面。一则留恩，二来说了收怪之事，好教凡人信心供养。"菩萨道："也罢，你快去叫来。"那八戒、沙僧飞跑至庄前，高叫道："都来看活观音菩萨！都来看活观音菩萨！"

于是一庄的老幼男女都赶至向河边，也不顾泥水，都跪在里面磕头礼拜。当时菩萨遂归南海，八戒与沙僧分阔水路，径往那水鼋之第找寻师父。原来那里边水怪鱼精已尽行死烂。遂走入后宫，揭开石匣，驮着唐僧出离水面，与众相见。那陈澄兄弟叩头道谢，行者道："勿谢，勿谢。你们这里人家，下年再不用祭赛。大王已除了根，永无伤害。陈老儿，如今要累尔，快寻一只船来送我们过去。"陈澄道："有有有。"正欲寻船，忽听得河中间高叫："孙大圣，不要找船，徒花费了银子。我送你师徒们过去吧!"众人听说,个个心惊。须臾,那水里钻出一个怪来,原来是个多年粉盖癞头鼋。行者抡着铁棒道:"你这个孽畜,若敢到跟前,我就一棒打死你。"老鼋道:"我感大圣之恩,情愿送你师徒,你什么反要打我?"行者道:"与你有何恩惠?"老鼋道:"大圣,你不知这底下水鼋之第,乃是我的住宅。九年前海啸波翻,那妖邪即趁潮头来到此处,与我争斗,被他伤了我许多儿女眷族。我斗他不过,将巢穴白白地被他占了。今蒙大圣至此,请了菩萨扫净妖氛,收去怪物,将宅第还归于我。我如今老小团圆,得居旧舍,此恩重若泰山。"说毕,就请唐僧等四人一马立在他背上。他就蹬开四足,踏水面如行平地。众人在岸上焚香叩头,都念南无阿弥陀佛,直至拜到望不见形影方回。那老鼋神通勿小,不背一日,即行过了八百里通天河界。大家干手干脚地登岸。三藏上岸,合手称谢道:"我们累你,无物可赠。待我取经回谢你吧。"老鼋道:"不劳师父赐谢。我只是难脱本壳,万望老师父到西天代我问佛祖一声,看我几时得脱本壳,可得一个人身。"三藏应允道:"我问,我问。"那老鼋才淬入水中而去。行者与师弟们俱随唐僧上马,找大路一直向西去了。以德报德,乃是做人的道理。鼋知得回巢穴、老小团聚,皆是唐僧等师徒之力,所以钻出来送他们过河。受恩知报,寻常人所不能者,而鼋乃能之。吾知不必俟唐僧之问我佛如来,鼋之脱本壳、变人身,必不远矣。

火焰山

国韵小小说

火焰山

却说唐僧带了徒弟孙行者悟空、猪八戒悟能、沙和尚悟净至西天取经,路过一座庄院,乃是红瓦盖的、红砖砌的,垣墙红粉,门扇红漆,板壁等一片都是红的。唐僧下马对孙行者道:"如今正是秋天,为何这等酷热?悟空,你去哪人家问个消息,这炎热是何缘故。"行者收了金箍棒,径至门前。适那门里走出一个老者,猛抬头看见行者,吃了一惊,拄着竹杖喝道:"你是哪里来的怪人,在我门首何干!"行者施礼道:"老施主休怕我,我不是什么怪人。贫僧是东土大唐钦差、上西方求经的师徒四人。适至宝方,见天气蒸热,一则不解其故,二来不知地名,特来拜求指教一二。"那老者却才放心,笑云:"长老勿罪,我老汉一时眼花,不识尊颜。令师在哪条路上?请来,请来。"行者把手一招,三藏即同八戒、沙僧牵马担挑,近前作礼。老者见三藏丰姿端重,八戒、沙僧相貌稀奇,又惊又喜,请入里坐,教小的们送茶备饭。三藏起身称谢道:"请问公公,贵处遇秋,何反炎热?"老者道:"敝地叫作火焰山,无春无秋,四季皆热。"三藏道:"火焰山在哪边,阻我西去之路否?"老者道:"西方却去不得。那山离此有六十里远,正是西方必由之路,却有八百里火焰,四周围寸草不生。若过此山,就是铜脑盖、铁身躯,也要化成了汁。"三藏闻言,大惊失色，不敢再问。

行者见门外有一个男子，推着一辆红车，歇在门旁，叫声卖糕，当即拔根毫毛，变个铜钱，向那人去买。那人接了钱，揭开车上盖的布，拿着热气腾腾的一块糕儿，递与行者。行者托在手中，好似火里烧的炭，只道："热，热，热！难吃，难吃！"那男子笑道："怕热莫来这里，这里是如此热。"行者道："你这汉子好不明理。常言道'不冷不热，五谷不结'，如此热得狠，你这糕粉自何而来？"那人道："若要糕粉米，敬求铁扇仙。"行者道："铁扇仙怎的？"那人道："铁扇仙有柄芭蕉扇，求得来，一扇熄火，二扇生风，三扇下雨；我们就布种，及时收割，故得五谷养生。否则寸草也不能生了。"行者闻言，急抽身走入里面，将糕递与三藏道："师父放心。吃了糕，我与你说。"长老接了糕。行者对老者道："老人家，我问你，铁扇仙在哪里住？"老者道："你问他什么？"行者道："适才那卖糕人说此仙有柄芭蕉扇，求扇来，一扇熄火，二扇生风，三扇下雨。我寻他讨来，扇熄火焰山过去，且使这方可以及时收种。"老者道："果有此说。你们却无礼物，恐那铁扇仙不肯前来，奈何？"三藏道："他要何种礼物？"老者道："我这里人家十年拜求一度，花红表里，猪羊鹅酒，沐浴虔诚，拜到仙山，方可请他出洞。"行者道："那山坐落何处？叫什么地名？有几多里数？等我问他要扇子去。"老者道："那山在西南方，叫作翠云山。山中有一个芭蕉洞，离此有一千四五百里。"行者笑道:"不打紧,我去去就来。"说一声,忽然不见。那老者慌张道:"爷爷呀!原来是腾云驾雾的神人。"自此供奉唐僧益加尊重。

那行者霎时至翠云山,按住祥光,正自找寻洞口。忽然闻得叮叮之声,乃是山林内一个樵夫伐木。行者近前作礼道:"樵哥,问讯了。"那樵子答礼道:"长老何往?"行者道:"敢问樵哥,这可是翠云山?"樵子道:"正是。"行者道:"有个铁扇仙的芭蕉洞在何处?"樵子道:"这芭蕉洞虽有,却不是铁扇仙。只有个铁扇公主,又名罗刹女,乃牛魔王之妻。"行者闻言大惊,心中暗想道:"这是与他冤家,他如何肯将扇子借我?"然既已到此,无可奈何,只得别了樵夫。经至芭蕉洞口,见两扇洞门紧闭,洞外光景秀丽,好个去处!行者上前,叫:"牛大哥,开门,开门!"呀的一声,洞门开了,那里边走出一个女子叫作罗刹,问道:"你叫甚名字?"行者道:"我本是保护东土唐僧至西天取经的和尚,叫孙悟空。在西方路上遇了火焰山,不能前进,特来拜求芭蕉扇,借我扇熄了火,好送我师父过去。"罗刹道:"好,好。你伸过头来,等我砍上几剑。若受得过,就借扇子与你;若受不得,教你早见阎君。"行者叉手向前笑道:"嫂嫂不必多言,老孙伸着光头,任你砍上多少亦不要紧。但扇子是必要借用的。"那罗刹不容分说,双手抡剑,向行者头上砍至数十下,行者如无其事。罗刹害怕,回头要走。行者道:"嫂嫂哪里去?这扇快借我用用。"罗刹道："我的宝贝向不轻借。"行者道："既不肯借，吃我一棒！"因一手扯住，一手便掣出棒来。那罗刹挣脱手，举剑来迎，行者抡棒就打。两个在翠云山前一场好战，相持到晚。那罗刹见行者棒重，料斗他不过，即便取出芭蕉扇，晃一扇，一阵阴风，把行者扇得无影无形，莫想收留得住。罗刹乃得胜而归。

那大圣飘飘荡荡，左沉不能到地，右坠不得存身，就如旋风吹败叶一般，由夜中直吹至天明，方才落在一座山上。双手抱住一块峰石，定性良久，仔细观看，却才认得是小须弥山。因长叹一声道："好厉害妇人，怎么就把老孙送到这里来了！"急下山坡，经至禅院，来见灵吉菩萨。菩萨道："大圣为何来此荒山？"行者道："我随唐僧取经到火焰山，不能前进。闻说有个铁扇仙芭蕉扇，扇得火灭，老孙特去求借。不料非但不肯借我，反与我争斗。他将扇子把我一扇，扇得我悠悠荡荡，直至于此，方才落住。故此经造禅院，问个归路。此处到火焰山不知有多少里数？"菩萨笑道："那妇人叫作罗刹女，又叫作铁扇公主。他的芭蕉扇本是昆仑山混沌开辟以来天地生成的一个灵宝，乃太阴之精叶，故能灭火。假使扇了人，要飘八万四千里，方息阴风。我这里到火焰山，只有五万余里，此还是大圣有腾云驾雾之能，故止住了。若是凡人，正不得住哩。大圣你且放心，我当年受如来教旨，赐我一粒定风丹，尚未用过。如今送了你，他虽有这扇，也扇你不动。"行者感谢不尽。那菩萨即于袖中取出一个锦囊,将一粒定风丹与行者安在袖领里边,将针线紧紧缝好,送行者出门道:"不及款留。此处往西北去,就是罗刹的山场也。"

行者辞了灵吉菩萨,驾筋斗云顷刻径返翠云山,使铁棒打着洞门,叫道:"开门,老孙来借扇子用用!"慌得那女童急忙通报。罗刹闻言,悚惧道:"这泼猴真有本事。我的宝贝扇着人,要去八万四千里,他怎么才吹去就回来?这番等我一连扇他两三扇,教他找不着归路!"急纵身结束整齐,双手提剑出门道:"孙行者,你不怕我,又来寻死!"行者笑道:"嫂嫂,你勿得悭吝。是必借我用用,保得唐僧过山,就送还你。我是个志诚有余的君子,不是那借物不还的小人。"罗刹又骂道:"泼猴,你莫胡说!这扇子岂可轻易借的!不要走,吃我老娘一剑!"大圣使铁棒劈手相迎。他两个来来往往,战经五七回合。罗刹女手软敌不住,急取扇子,向行者扇了一扇。行者岿然不动,收了铁棒,笑嘻嘻地道:"这番不比那番,任你什么扇来,老孙若动一动,就不算汉子。"那罗刹又扇两扇,行者果然不动。罗刹慌了,急收宝贝,走入洞里,将门紧闭。行者见他闭了门,却就弄个手段:拆开衣领,把定风丹嚼在口中,摇身一变,变作一个蟭蟟虫儿,从门隙处钻进。

只见罗刹女叫道:"渴了渴了,快拿茶来!"女童即将香茶一壶，满斟一碗，冲起茶沫不少。行者见了，嘤的一声，飞在茶沫之下。那罗刹接过茶，两三口气都喝了，行者已到肚腹之内，现原身厉声高叫道："嫂嫂，借扇子我用用！"罗刹大惊失色，问小的们关了前门否，俱说关了。他又说："既关了门，孙行者如何在家里叫唤？"女童道："在你身上叫哩。"罗刹道："孙行者！你在哪里弄术！"行者道："老孙一生不会弄术，都是些真手段、实本事，已在嫂嫂尊腹之内耍子，已见其肺肝矣。我知你也饥渴了，我先送你一碗茶，解你的渴。"却就把脚往下一蹬。那罗刹小腹之内疼痛难禁，坐于地下叫苦。行者道："嫂嫂休得推辞，我再送你个点心充饥。"又把头往上一顶。那罗刹心痛难禁，只在地下打滚，疼得她面黄唇白，只叫饶命饶命。行者却才收了手脚道："我与牛大哥结义为兄弟，看他面上，且饶你性命！快将扇子拿来我用用！"罗刹道："有扇，有扇，你出来拿了去！"行者道："拿扇子我看了出来！"罗刹叫女童拿一柄芭蕉扇，执在旁边。行者探到喉咙之上，见了道："嫂嫂，不要动，张开口来。"那罗刹一一遵命。行者还变个蟭蟟虫，先飞出来，停在芭蕉扇上。那罗刹不知，连张着口，叫："出来吧，出来吧。"行者化原身，拿了扇子，叫道："我在此间不是，谢借了，谢借了。"拖开步往前便走。小的们连忙开了门放他出洞去。

那大圣拨转云头，径回东路，霎时间到了红砖庄院。见了三藏，将上项事说了一遍，把芭蕉扇与老者看道："老官儿,可是这个扇子?"老者道:"正是,正是。"唐僧大喜。师徒们即拜辞老者,寻路西行。约行有四十里光景,渐渐酷热蒸人。八戒、沙僧只叫脚底烫得疼,马因地热难停,走得比寻常又快。行者道:"师父且请下马。等我扇熄了火,待风雨之后土地冷些,再过山去。"行者果举扇,径至火边。尽力一扇,那山上火光烘烘腾起;再一扇,更着百倍;又一扇,那火足有千丈之高,渐渐烧着身体。行者急回,已将两股毫毛烧净。径跑至唐僧面前,叫:"快回去,快回去!火来了,火来了!"那师父爬上马,与八戒、沙僧复渐渐东来,有二十余里,方才息下,道:"悟空,究如何哩?"行者丢下扇子道:"徒弟已被那厮哄了。"八戒道:"什么说?"行者道:"我将扇子扇了一下,火焰烘烘;第二扇,火气愈盛;第三扇,火头飞有千丈之高。倘若跑得不快,把毫毛都烧尽了。"沙僧道:"似此火盛,西去路塞,如何是好?"八戒道:"只拣无火处转过去吧。"三藏道:"哪方无火?"八戒道:"东方、北方、南方俱无火。"又问哪方有经,八戒道:"西方有经。"三藏道:"我只欲往有经处去就是了。"沙僧道:"有经处有火,无火处无经,诚是进退两难。"师徒们正商量时,只听得有人叫道:"大圣不须烦恼,且来吃些斋饭再议。"

四人回看时,见一老人身披飘风鹤氅,头顶偃月冠,手持龙头杖,足踏铁皮鞋,后带着一个雕嘴鱼鳃鬼,顶着一个铜盆,在西路下鞠躬道:"我本是火焰山土地,知大圣保护圣僧，不能前进，特献一斋。"行者道："吃斋与否，不暇计及，但这火光几时灭得，让我师父过去？"土地道："要灭火光，须求罗刹女借芭蕉扇。"行者到路旁拾起扇子道："这扇不是么？那火光越扇越大，是何缘故？"土地看了笑道："此扇不是真的，被他哄了。"行者道："如何方得他的真扇？"那土地又低背鞠躬笑道："若要借真芭蕉扇，须寻大力王。大力王即牛魔王。"行者道："这山本是牛魔王放的火，假名火焰山？"土地道："不是，不是。大圣若肯赦小神之罪，方敢直言。"行者道："你有何罪？直说无妨。"土地道："这火原是大圣放的。"行者怒道："你这等乱谈！我可是放火之辈？"土地道："你已认不得我。此间原无这座山，因大圣五百年前大闹天宫时被老君安于八卦炉内，锻炼开鼎之时，被你蹬倒丹炉，落了几个砖来。内有余火，落着此处，就化为火焰山。我本是兜率宫守炉的道人，老君怪我失守，降下此间，就做了火焰土地。"八戒道："怪道你这等打扮，原来是道士变的土地。"说罢，大家斋毕，土地即收拾退去。

且说，行者知真的芭蕉扇在牛王处，即同了八戒去请佛兵天将助拿。请到后遂一齐至芭蕉洞，将该洞四面围绕。牛王被围在洞中，真个是罗网高张，不能脱命。正在仓皇之际，闻得行者赶来，他就向洞口乱逃。却好有托塔李天王并哪吒太子，拦住叫道："慢去，慢去！吾奉玉帝旨意，特来此剿你！"牛王急了，就摇身一变，变作一只大白牛，两只铁角去触天王。天王使刀来砍。随后行者又赶到。哪吒太子厉声高叫道:"大圣,快来快来!愚父子当竭力擒拿!"行者道:"这厮神通不小,今变作这等身躯,其奈之何?"太子笑道:"大圣勿惧,你看我擒他。"言毕即喝一声变,变作三头六臂,飞身跳在牛王背上,使斩妖剑往颈项上一挥,不觉地把个牛头斩下。

天王才收了刃,那牛王腔子里又钻出一个头来,口吐黑气,眼放金光。被哪吒又砍一剑,头落处又钻出一个头来。一连砍了十数剑,随即长出十数个头。哪吒取出火轮儿挂在那老牛的角上,便吹真火,焰焰烘烘,把牛王烧得癫狂哮吼,摇头摆尾,才要变化脱身,又被托塔天王将照妖镜照住本相,腾挪不动,无计逃生,只得叫:"莫伤我命!情愿归顺佛家!"哪吒道:"既惜性命,快拿扇子出来!"牛王道:"扇子在山妻处收着哩。"哪吒见说:"将缚妖索解下,穿在他鼻孔里,用手牵来。"行者却聚会了诸神将并八戒、土地、阴兵,簇拥白牛,一齐入芭蕉洞里。老牛叫道:"夫人,拿扇子出来,救我性命。"罗刹听叫,即卸了钗环,脱了外衣,挽青丝,穿缟素,似道姑打扮,双手捧着丈二长的芭蕉扇子,走出门跪在地下,磕头礼拜道:"望菩萨饶我夫妻之命,愿将此扇奉承。"行者近前接了扇,同大众共驾祥云,径回东路不提。

却说,三藏与沙僧盼望行者许久不回,正在忧虑。忽见祥云满空,瑞光满地,飘飘摇摇,众神行将近。这长老害怕道:"悟净,那方面是何处神兵来了?"沙僧认得,道:"师父啊,那是四大金刚、金头揭谛、六甲六丁等众神,牵牛的是哪吒三太子,拿镜的是托塔李天王。大师兄执着芭蕉扇,二师兄随后,其余的都是护卫神兵。"三藏听说,换了毗卢帽,穿了袈裟,与悟净拜迎众神,称谢道:"我弟子有何德能,敢劳列位尊圣临凡。"四大金刚道:"圣僧恭喜,十分功行将完。吾等奉佛旨差来助汝,汝当竭力修持,勿得须臾懈怠。"三藏叩头受命。大圣执着扇子行近山边,尽力挥了一扇,那火焰山熄焰除光;行者喜欢,又扇了一扇,只闻得习习潇潇,清风微动;第三扇,满天云漠漠,细雨落霏霏。此时三藏解燥除烦,清心快意。四人谢了佛兵天将,那佛兵天将各乘云同回原处。大圣因扇子已经用过,早交与天王。天王与太子临行时,并牵着牛,径归佛地而去。唐僧等从此西行无阻,飘然长往。

　　后人读书至此,始叹"圣人心诚,求之虽不中,不远"的话,真是不错的。唐僧一心一意地只知取经,你看他目前虽遇着火焰山等诸般障碍,却无一毫退后的心思,只要往着火焰山过去,终被他达到目的。人之求学,苟能如唐僧之求经一样诚心,不畏繁难,何患古今中西各学问不日渐贯通么?

小儿城

国韵小小说

小儿城

西方路上有一处地方，家家门首有个鹅笼。唐僧与孙行者、猪八戒、沙和尚到西方取经，路途经过，一见诧异。笼外排列五色彩绸遮幔，八戒笑曰："师父，今日可是黄道良辰，宜结婚姻。"行者说："胡说，哪里家家结婚！且等我上前看看。"他即念着咒诀，变作一个蜜蜂儿飞近前，钻进幔里观看，原来里面坐的是个小孩儿。再去第二家笼里看，也是个小孩儿。连看八九家，都是一般，却是男身，并无女子。有的在笼中玩耍，有的坐在里边啼哭。行者看罢，现了原身，回报唐僧说："那笼里都是小孩子，大者不满七岁，小者只有五岁，不知何故。"唐僧闻言，疑思不定，即欲找人来问。急前去，转街忽见一衙门，乃金亭馆驿。就进去问了驿丞。驿丞附耳低言道："长老莫管他，也莫说他。要走路便走路。"长老闻言，一把拉住，要问明白。驿丞摇头摇手，只说莫问。唐僧越发不放，定要问个详细。

驿丞无奈，只得轻轻说道："这事乃当今国王无道之事，你只管问何为？"唐僧说："为何无道？"驿丞说："这国原是比丘国，近有民谣改作小儿城。原来国王有一疲病。当时会拍马屁的国丈，撺掇他用着一千一百一十一个小儿的心肝煎汤服药，服后有千年不老之功。这些鹅笼里的小儿，俱是选就的，养在里面。人家父母惧怕王法，俱不敢啼哭，遂传播谣言，叫作小儿城。此非无道而何？"言毕即退，吓得个唐僧骨软筋麻，止不住腮边泪堕，失声叫曰："昏君，昏君！为何不讲人道，专门屈伤这许多小儿性命？我从未见吃人心肝可以延寿的！"沙僧说："那国丈献此计，他恐是个妖邪，故劝国王吃人心肝。"行者说："悟净说得有理，我们且去看看他究竟是人是妖。若果是妖，捉他来与国王看看，一面救许多孩童性命。"三藏说："此论极妙。但见了昏君，不可提及此事，恐触了昏君的怒，反来罪我。"行者说："不妨，不妨。老孙自有法力。如今先将鹅笼小儿摄离此城，以救其命。地方官自然奏表，却于我辈毫无干涉。"三藏说："好好。"行者即起身，吩咐八戒、沙僧同师父坐着，"你看但有阴风刮动，就是小儿出城了。"他三人一齐俱念："南无救生药师佛，南无救生药师佛。"这大圣出得门外，打个呼哨，起在半空，念了咒语，把那城隍、土地等叫到面前，告以国王无道，听信妖邪，要取小儿心肝治病，师父不忍，欲救生灭怪等语。众神听令，即便各使神通，把鹅笼摄去，代为收管。

行者按下祥光，径至驿庭上。只听得他三人还在念佛，他也心中暗喜，近前叫师父道："我来了。方才阴风起处，我已把小儿一一救出去了，待我们起身时送还。"长老甚喜，即想去见国王，填换关文。行者说："待老孙与你同去，看那国丈邪正如何。"三藏说："你去却不肯行礼，恐国王见怪。"行者说:"我不露形,在暗中跟随你,且可保护。"三藏依言。只看行者摇身一变,变作个蟭蟟虫儿,嘤的一声飞在三藏帽儿上。三藏即留下八戒、沙僧,嘱其看管行李,自己前去见驾。国王细问一过,赐坐。三藏谢恩坐了。

只见那国王精神倦怠,举手处揖让差池,开言时声音断续。三藏将文牒献上,那国王眼目昏花,看了又看,方才取宝印,用了花押,递与三藏。三藏收讫。那国王正要问取经原因,只听得当驾官奏道:"国丈爷爷来了。"那国王即扶着近侍小宦,挣下龙床,躬身迎接。慌得那三藏急起身,侧立于旁。回头观看,原来是一个老道者,自玉阶前摇摇摆摆地走来。他到宝殿前,亦不行礼,径到殿上。国王欠身道:"国丈今喜早降,就左手绣墩上请坐。"三藏起一步,鞠躬施礼道:"国丈大人,贫僧问讯了。"那国丈端然高坐,亦不回礼,转面向国王道:"僧家何来?"国王说:"东土唐朝,差上西天取经的。今来填验关文。"说罢,即叫光禄寺供斋。三藏谢过,随即引退。下殿正走,行者忽飞下帽顶而来,在耳边叫道:"师父,那国丈是个妖邪,国王受了妖气。你先到驿中等斋,待老孙在这里听他消息。"三藏知会了,独出朝门不提。

且说行者一翅飞在金銮殿翡翠屏中停下,只见那班部中闪出五城兵马司,奏道:"我主,昨夜一阵冷风将各家鹅笼里小儿连笼都刮去了,一些踪迹没有。"国王闻奏,又惊又恼,对国丈说:"这事不成,如何使朕病愈?莫非天欲灭朕?"

国丈笑道："陛下且休烦恼,那正是天送长生与陛下也。"国王说："笼中之儿刮去,何以反说天送长生?"国丈说："我才入朝来,见一个绝妙的药引,强似那一千一百一十一个小儿之心。那小儿之心,只延得陛下千年之寿;若吃了这个药引,就可延万万年之寿也。"国王漠然不知,请问再三,国丈才说："那东土差去取经的和尚,乃是个十世修行的真体。自幼为僧,元阳未泄,比那小儿更强万倍。若得他的心肝煎汤,比服我的仙药更好。"那昏君闻言,十分听信,对国丈道:"何不早说!若果如此,适才留住,不放他去了。"国丈说:"此有何难?适才吩咐光禄寺办斋待他,他必吃了斋方才出城。如今急传旨,将各门紧闭,点兵围了金亭馆驿,将那和尚拿来。先以礼求他,如果相从,即时剖而取之,厚葬其尸,还与他立庙享祭;如其不从,立时捆住,将他剖开取之,亦甚易。"那昏君即传旨把各门关闭,差羽林卫官军往围馆驿,不准放走。

行者听得这个消息,一翅飞奔馆驿,现了本相,对唐僧说:"师父,祸事来了,祸事来了!"那三藏才与八戒、沙僧吃着御斋,忽闻此言,吓得浑身是汗,口不能言。八戒说:"有何祸事?"行者说:"自师父出朝,少顷有五城兵马司来奏冷风刮去小儿之事。国王方恼,那国丈却转喜欢道:'这是天送长生与你。'要取师父的心肝做药引,谓可延万年之寿。昏君听信诬言,所以点兵来围馆驿,差锦衣官来请师父求心。"八戒笑曰:"行的好方便,救的好小儿,今番却撞出祸来了!"三藏战战兢兢,扯着行者说:"贤徒啊,此事如何是好?"行者说:"若要好,大做小。"沙僧说:"什么叫'大做小'?"行者说:"若要全命,师作徒,徒作师,方可保命。"三藏说:"你若救得我命,情愿与你做个徒弟吧。"行者道:"既如此,不必迟疑。"叫八戒快和些泥来,那八戒即用钉耙筑了些土,又不敢向外面去,撒泡尿和了一团臊泥,递与行者。行者没奈何,将泥扑作一片,向自家脸上一揿,印下个猴相的脸子,叫唐僧休动,且勿言语,贴在唐僧脸上,念动真言、吹口仙气,叫变,那唐僧即变作个行者模样。脱了他的衣服,以行者的衣服穿上。行者却将师父的衣服穿了,念着咒诀,摇身变作唐僧的嘴脸。正装扮停当,只见锣鼓齐鸣,枪刀簇拥,原来是羽林官领三千兵把馆驿围住。又见一个锦衣官走进驿亭,问曰:"东土唐朝长老在何处?"那驿丞跪下指道:"在下面客房里。"锦衣官即至客房里说:"唐长老,我王有请。"只见假唐僧出门施礼道:"叫贫僧有何话说?"锦衣官上前一把扯住说:"我与你进朝去,想必有事问你。"那时假唐僧被锦衣官扯出馆驿,四面围围绕绕,都是羽林军。径拥到殿前,众官皆在阶下跪拜,唯假唐僧挺立阶心,口中高叫:"比丘王请我贫僧,有何话说?"

昏君笑道:"朕得一疾,缠绵日久不愈。幸国丈赐得一方,药饵俱已完备,只少一味引子,特请长老求些药引。若得病愈,与长老修建祠堂,四时奉祭,永传香火。"假唐僧说:"我乃出家人,只身至此。请陛下问国丈,不知要什么东西做引?"昏君说:"特求长老的心肝。"假唐僧说:"不瞒陛下说,心便有几个儿,不知要的什么色样?"那国丈在旁指定道:"那和尚,要你的黑心。"假唐僧说:"既如此,快取刀来,剖开胸腹。若有黑心,谨当奉赠。"那昏君欢喜相谢,即着当驾官,取一把牛耳短刀,递与假僧。假僧接刀在手,解开衣服,挺起胸膛,将左手抹腹,右手持刀,呼啦一声响,把肚皮剖开。那里头就咕嘟嘟地滚出一堆心来,吓得文官失色,武将身麻。国丈在殿上见了,道:"这是个多心的和尚。"假唐僧就将心血淋淋地一个个捡开与众人看,却都是红心、白心、黄心、悭贪心、利名心、嫉妒心、计较心、好胜心、望高心、侮慢心、杀害心、狠毒心、恐怖心、谨慎心、邪妄心、无名隐暗之心、种种不善之心,更无一个黑心。那昏君吓得呆了半日,口不能言,战战兢兢地叫:"收了去吧,收了去吧。"那假唐僧忍耐不住,收了法,现出本相,对昏君道:"陛下全无眼力!我和尚家,都是一片好心;唯你这国丈是个黑心,好做药引。你不信,等我替你取他的出来看看!"那国丈听见,急睁眼仔细观看,见那和尚变了面皮,不是那般模样。咦!认得是当年孙大圣,五百年前就有名的。却抽身腾云就起,被行者翻筋斗跳在空中喝道:"哪里走!吃我一棒!"国丈即使起蟠龙拐杖相迎。他两个在半空中争斗,勉强敌了二十余合,蟠龙拐究竟抵不住金箍棒,虚晃了一拐,将身化作一道寒光,霎时间不知去向。大圣按落云头,到了宫殿,对多官道:"你们的好国丈啊!"那多官一齐礼拜,感谢神僧。行者说:"且去看那昏王何在。"多官说:"我王见争战时,惊恐潜藏,不知向哪座宫中去了。"行者即命快寻。多官寻了半天,仍无踪影。又息了片时,见四五个太监搀着那昏君自谨身殿后面而来。众臣俯伏在地,齐奏道:"主公,主公!感得神僧到此,辨明真假。那国丈乃是个妖邪。"国王闻言,即请行者出皇宫,到宝殿,拜谢了道:"长老,你早间来的模样那般俊伟,这时如何就改了形容?"行者笑曰:"不瞒陛下说,早间来者是我师父,乃唐朝御弟三藏。我是他徒弟孙悟空。还有两个师弟猪悟能、沙悟净,现在金亭馆驿。因知你信了妖言,要取我师父心肝做药引,故老孙变作师父模样,特来此降妖。"国王闻言,即传旨着阁下太宰快去驿中请师众来朝。

那三藏听见行者在空中降妖,吓得魂飞魄散,又脸上戴着一片子臊泥,正闷闷不快。只听得阁下太宰来请入朝,八戒笑曰:"师父莫怕,此番不是请你取心,想是师兄得胜,来请酬谢,亦未可知。"三藏说:"虽是得胜来请,但我这个臊脸如何见人?"八戒说:"且去见了师兄,自有解法。"那长老无可如何,只得扶着八戒、沙僧,同到驿庭之上。太宰见了,害怕道:"爷爷呀,这都是妖怪之类。"沙僧说:"朝士休怪丑陋,我等乃是生成的相貌。"遂同太宰直至殿下。行者看见,即下殿迎着,把师父的泥脸子抓下,吹口仙气。那唐僧即时复了原身,精神愈觉爽利。国王下殿亲迎,口称法师、老佛。师徒们都上殿相见,行者说:"陛下可知那怪来自何方?等老孙去与你一并擒来,剪除后患。"国王闻言,感谢不已,只说他在南去七十里路,如能降此妖魔,愿以倾国之资酬谢。大圣一想,国王已大悔悟,即携着八戒,径向南七十里的地方,按下云头,找寻妖怪。出深林间,即见石屏上有"清华仙府"四个大字。跳过石屏看时,就见这老怪坐在那里,即擎棒高叫道:"黑心人,你在此么!休走,吃我一棒!"那怪抡起蟠龙拐,急架相迎,他两个在洞前争斗。八戒在外边听见里面嚷闹,激得他心痒难挠,把一棵九叉杨树推倒,用耙筑了几下,筑得那鲜血直冒,嘤嘤的似乎有声。原来这棵树亦成了精怪。正筑处,只见行者引怪出来。八戒看见,就赶上前举耙一筑。那老怪心慌,败了阵,将身一晃,化道寒光,径投东走。他两个随向东赶来。

正当喊杀之际,忽闻得鸾鸿声鸣,祥光缥缈,举目视之,乃是南极老人星。那老人把寒光罩住,叫道:"大圣慢来,天蓬休赶!老道在此施礼。"行者即答礼道:"寿星兄弟哪里来?"八戒笑道:"肉头老儿罩住寒光,必定把妖怪捉住了。"寿星赔笑道:"在这里,在这里。望二公饶他命吧,他是我的一副脚力,不意走将来,在此害人。"行者说:"既是老弟之物,只叫他现出本相来看看。"寿星闻言,即把寒光放出,喝道:"孽畜!快现本相,饶你死罪!"那怪打个转身,原来是只白鹿。寿星拿起拐杖道:"这业畜连我的拐杖亦偷了去。"那只鹿俯伏在地,口不能言,只管叩头滴泪。行者乃同寿星牵着鹿,一齐回到殿前,吓得那国里君臣大小一齐下拜。行者近前搀住国王,笑道:"且休拜我。这鹿儿即是国丈,你只拜他便是。"那国王恍然大悟,只说:"感谢神僧救我一国的小儿,真是感恩不尽。"即传旨叫光禄寺安排素宴,大开东阁,请南极老人与唐僧四人一同用餐。

　　三藏拜见了寿星,沙僧亦一同施礼,都问道:"白鹿既是老寿星之物,如何得到此间为害?"寿星笑道:"前者东华帝君过我荒山,我留坐着棋。一局未终,这业畜走了。及客去,寻他不见。我屈指一算,知他在此处,特来寻他,正遇着孙大圣施威。若还来迟些,此畜休矣。"语未毕,只见报道:"宴已完备。"当时叙定座次,教坊司动乐。国王擎着紫霞杯,一一奉酒。筵宴已毕,寿星告辞。那国王又近前跪拜,求祛病延年之法。寿星笑道:"我因寻鹿,未带丹药。欲传你修养之方,你又精衰神败,不能还丹。我这衣袖中只有三个枣儿,欲与东华帝君献茶的。我未曾吃,今送你吧。"国王谢过,拿来吞之,渐觉身轻病退。后得长生者,皆源于此。寿星出了东阁,将白鹿一声喝起,飞跨背上,踏云而起。那朝野上下,个个焚香跪送。三藏叫徒弟收拾行李,辞别国王。那国王苦留求教。行者说:"陛下清心寡欲,阴功多积,自足以祛病延年。"国王又拿出两盘金银,奉为路费。唐僧分文不受。国王无已,命摆銮驾,请唐僧端坐凤辇龙车。自王以下,俱推轮转毂,送出朝门。六街三市,百姓群黎,亦皆盏生净水,炉降真香,齐送出城。忽听得半空中一声风响,路两边落下一千一百一十一个鹅笼,内有小儿啼哭。暗中有众,只高叫道:"大圣,我等前蒙盼咐,摄去小儿鹅笼。今知大圣功成起行,特来送还。"那国王与臣民又俱下拜。行者望空谢了,即叫城里人家来认领小儿。当时传播,俱来各认出笼中之儿,欢欢喜喜地抱将出来,叫哥哥,叫肉儿,跳的跳,笑的笑,都叫扯住唐僧爷爷,咸欲奉谢救儿之恩。无大无小,无男无女,都不怕他相貌之丑,抬着猪八戒,扛着沙和尚,扯着孙行者,挽着唐三藏,牵着马,挑着担,一拥回城。那国王亦不能禁止。这家也开宴,那家也设席,请个不了,并有做衣帽鞋袜相送的。如此盘桓,将近一月才得离城。又有的传下形神,立起牌位,顶礼焚香供养。大家心中不啻奉以为万家生佛云。

无底洞

国韵小小说

无底洞

　　西方路上有个陷空山,山中有个洞,叫作无底洞,洞里有许多妖精。唐僧带了三个徒弟路过洞口,竟被摄去。及徒弟孙行者、猪八戒、沙和尚追赶上来,已不见了。

　　八戒道:"你们二人且在此,让我在山坳里打听打听。如有洞府,我们好一齐去找寻师父救他。"说毕即放下耙,抖抖衣服,空着手驾云而往。跳下高山,寻着一条小路。依路前行,有五六里远近,忽见两个女妖在那井上打水,即走近前,叫声:"妖怪!"那怪闻言大怒,两人互相说道:"这和尚,我们不与他相识,他怎么叫起我们妖怪来!"抡起抬水的杠子,劈头就打。八戒手无兵器,招架不得,被她们捞了几下,抱着头跳上山来,急忙回转,见行者道:"哥啊!妖怪凶,不可去。"行者道:"怎么凶?"八戒道:"山坳内两个女妖在井上打水,我只叫了她们一声,她们就打我三四杠子。"行者道:"你怎么叫她们?"八戒道:"我叫她们妖怪。"行者笑道:"打得还少。"八戒道:"谢你照顾!头都肿了,还说少哩!"行者道:"她们虽是此地之妖,我们是远来之僧。你手无寸铁,出言须客气些。你叫她们为妖怪,她们不打你打谁?"八戒道:"哥啊,你这好话,若早与我说,不致受她们打了。"行者道:"你还去问她们个究竟。"八戒道:"这回去,她们认得我了。"行者道："你变化了去。"八戒道："哥啊,此次却用什么话儿问她们,认她们是什么亲?"行者道："不是认亲,须要套她们的话。若是她们拿了师父,就好下手;若不是她们,却不误了我别处干事。"八戒道："说得有理,等我再去。"他把钉耙插在腰里,随即走去。

走下山坳,摇身一变,变作个黑胖和尚,摇摇摆摆,走近怪前,唱一个大喏道："奶奶,贫僧稽首了。"那两个喜道："这和尚却好。"便问："长老哪里来的?"八戒道："哪里来的?"又问："哪里去的?"八戒亦道："哪里去的?"又问道："你叫作什么名字?"又答道："我叫作什么名字?"那怪笑道："这和尚好像有些疯癫,只会说顺口话。"八戒道："奶奶,你们为何打水?"那怪道："和尚,你不知道。我家老夫人昨夜里摄了一个唐僧在洞内,要款待他。我洞中水不干净,差我两个来此打这好水,安排素筵,与唐僧吃了,就要圈禁他。"

那八戒闻言,即转身跑上山,叫沙和尚道："把行李拿来,我们分了吧。"沙僧道："二哥要分什么?"八戒道："师父已在妖精洞里,我们无可奈何,不如各寻生路去吧。"行者道："这呆子又乱说了。那妖精把师父困在洞内,师父眼巴巴地望我们去救,你却说出这样话来。"八戒道："怎么救?"行者道："我们跟着那两个女怪,做个引子,引到那门前,一齐下手。"八戒即随着行者,远远地注视,见那两怪渐入深山,有一二十里远近,忽然不见。八戒惊道："师父是日里鬼拿去了!"行者道:"你如何晓得?"八戒道:"那两个妖正抬水走着,忽然不见,岂不是日里鬼么?"行者道:"想是钻进洞里去了,等我去看看。"大圣急睁火眼金睛,漫山观看,果然不见动静。

再走过去,忽见那石崖前有一座玲珑剔透的山,山前有一架三檐四簇的牌楼,上有六个大字,乃"陷空山无底洞"。行者道:"兄弟呀,这妖精把个架子支在这里,还不知门向哪里开哩。"转过牌楼下看时,那山脚下有一块大石,约有十余里方圆,正中间有缸口大的一个洞儿,爬得光溜溜的。八戒道:"哥啊,这就是妖精出入的洞府。"行者看了道:"怪哉!我老孙自跟随师父以来,妖精也拿着些,却不曾见这样洞府。八戒你先下去,试试看有多少浅深,我好进去救师父。"八戒摇头道:"这个难,这个难。我老猪身子夯夯的,若失了足掉下去,不知二三年可得到底否。"行者道:"到底有几何深?"八戒道:"你看。"大圣伏在洞边上,仔细往下一看,道:"咦!深啊!周围足有三百余里。"八戒道:"我们回去吧,师父救不得了。"行者道:"你说哪里话!且将行李、马匹安顿了,你两个拦住洞,让我进去打听打听。若师父果在里面,我把妖精从内打出,你两个却在外面挡住,这是里应外合。把精灵打死,方才救得师父。"二人唯唯遵命。

行者却将身一纵,跳入洞中,足下冉冉生云。不多时,到了洞底。那里边明明朗朗,一般的有日色风声,又有花草果木。行者道:"好个去处,真是个洞天福地!"正看时,又有一座三滴水的门楼,团团都是松竹,内有许多房舍。又想道:"此必是妖精的住处。我且变化了,到里边去打听打听。"即摇手一变,变作一个苍蝇,轻轻地飞进去。只见那怪高坐在草亭内,那模样打扮得甚是俊俏。行者停了半晌,只听见她绽破樱桃,笑嘻嘻地叫:"小的们,快去安排素筵席来,供给唐僧,然后渐渐儿软禁在内。"行者暗想:"真个有这话!我且进去,看师父在哪里。不知他心事如何,好去救他。"即展翅飞到里边。

看那东廊下锁着门,红纸格子里面却坐着唐僧。行者一头撞进去,飞在唐僧光头上停着,叫声"师父"。三藏认得声音,叫道:"徒弟,救我命呀!"行者道:"师父,那妖精安排筵宴与你吃了,就要永远禁你在里边哩。"长老咬牙切齿道:"徒弟,我一向西来,遇着妖怪不少,不是要吃我,就是要杀我。今被这妖精拿住,偏要禁我,不知是什么用意。倘长此禁锢,使我闷死,取经的大誓愿终不能偿,如何是好?"行者笑道:"莫着急,既有真心,老孙带你去吧。"三藏道:"进来的路儿,我通忘了。"行者道:"莫说忘了路,他这洞古怪,不是好走进走出的。来时是打上头往下钻,如今救你出去,要从底下往上钻。若是运气好,钻着洞口,就出去了;若是运气不好,钻不着,还有个闷死的日子。不知可有本事钻出去否?"三藏垂泪道:"似此艰难,如何是好?"行者道:"没事,没事。那妖精整治酒与你吃，没奈何也吃他一盅，你便回他一盅。只要斟得急些，斟起一个水花儿来，等我变作个蟭蟟虫儿，飞在酒泡之下，他把我一口吞下肚去，我就捻破他的心肝，扯断他的肺腑，弄死那妖精，你才得脱身出去。"三藏道："也罢，也罢。你可跟着我。"

他师徒商量才定，那妖早已安排停当。只见她走进东廊，开了门，叫声"长老"，唐僧不敢答应；又叫一声，唐僧没奈何，只得应他一声。

斯时唐僧跟她进去。那妖露玉指，捧金杯，满斟美酒，递与唐僧。唐僧接了酒，只听得行者在耳根边说道："这是葡萄素酒，吃他一盅无妨。"三藏只得吃了，急取酒满斟一盅，回与妖怪，果然斟起有一个水花儿。行者变作个蟭蟟虫儿，轻轻地飞入水花之下。那妖接在手，且不吃，把杯儿放下。移时举杯，那水花儿已散，就露出虫来。妖精也认不得是行者变的，就把小指挑起，往下一弹。行者见事不谐，料难入他腹，即时又变作个饿老鹰飞起来，抡开爪，响一声掀翻桌席，把些菜果盘碟尽皆摔碎，撇却唐僧，飞将出去。吓得妖精心胆皆裂，战战兢兢，指着唐僧道："长老，此物是哪里来的？"三藏道："贫僧不知。"妖怪道："我费了许多心，安排这席素宴，专程宴你，却不知这个扁毛畜生从哪里飞来，把我的家伙打碎！"众妖道："夫人，这些素品都散在地，污秽可惜。"那妖道："小的们，我知道了。想必是我把唐僧困住，天地不容，故降此物。你们将碎家伙拾出去，不拘荤素，另安排些酒肴上来。现在且仍送长老至东廊里去坐。"

且说行者飞出去，现了本相，到洞口，叫声："开门！"八戒、沙僧听得，撒开兵器。行者跳出，八戒动问备细。行者把上项事说了一遍，因叮嘱道："兄弟们还在此间把守，等老孙再进去救来。"复翻身入里面，变作个苍蝇儿，停在门楼上。只听得那妖气呼呼地在亭子上吩咐小的们："不论荤素，拿来烧纸。我将指天誓日，务要永禁了唐僧。"行者听见，暗怒道："这妖精全没一些儿心肝！无缘无故，把个和尚关在家里，一关就要关死，将奈何！且等老孙再去看看师父。"嘤的一声又飞在东廊下，只见那师父坐在里边哭泣。行者钻将进去，停在头上，叫声"师父"。长老认得，跳起来抱怨道："你弄变化，打破家伙，能值几何？闻得那妖精用心狠毒，要请我吃了，永远禁住我在里边。我性命恐活不成了，如何是好？"行者道："师父莫慌，有救你处。"唐僧道："如何救我？"行者道："我才飞起去时，见她后边有个花园。你哄她往园里去耍子，走到桃树边，就莫走了。等我飞上桃枝，变作个红桃子，你可摘下来奉她。她必然也摘一个回你。你把红的定要让她，她若一口吃了，我却在她肚里作起怪来，弄死她，你就脱身了。"三藏道："你若有手段，就与她赌斗便了，定要钻在她肚里怎么？"行者道："师父，你不知她这个洞。若好出入，便可与她赌斗。只为出入艰难，不便动手。须用钻肚的法子,才可制她死命。"三藏点头听信,师徒们就商量停当了。

未几,三藏扶着格子叫道:"女洞主。"那妖听见,跑来道:"有何话说?"三藏道:"我这一路西来,奔驰劳苦。昨在镇海寺,偶得伤风重疾,出了汗才略好些。又蒙你携来仙府,闷坐了这一日,只觉心神不爽。你带我往哪里略散散心,耍耍儿去么?"那妖道:"也好,也好。我和你去到花园内耍耍。"叫小的们开了园门,打扫路径。这妖精开了格子,挽出唐僧。你看那许多小妖,都是狠巴巴地簇拥着唐僧。径入花园之内,那妖道:"就在这里耍耍,即可散心释闷。"唐僧随着那妖一路玩赏,看不尽的奇葩异卉。行过了许多亭阁,忽抬头到了桃树边。行者把师父头上一拍,就飞在桃树枝上,摇身一变,变作个桃子儿,其实红得可爱。唐僧对那妖说:"这桃很红,已熟极了。"即向前伸手摘了个红桃,妖精也去摘了一个青桃。三藏恭恭敬敬将红桃捧与妖怪,道:"洞主,你爱的,请吃这个红桃,拿青的来我吃。"那妖随手递与,唐僧把青桃拿过来就吃,那妖亦将红桃张口便咬。行者十分性急,一个跟头就滚入她肚腹之中。妖精害怕,对三藏道:"长老啊,这桃子怎么不容咬破,就滚下去了?"三藏道:"你爱吃新开园的果子,所以去得快了。"

行者在她肚里复了本相,叫声:"师父,不要与他说话,老孙已得了手也。"三藏道:"徒弟,方便着些。"妖精听见,道:"你与何人说话?"三藏道:"我与徒弟孙行者说话。"妖精道:"孙行者在何处?"三藏道:"在你肚子里。刚才吃的那个红桃子不是么?"妖精慌了,道:"罢了罢了,我是死了!孙行者,你千方百计地钻在我肚里,意欲何为?"行者道:"我欲吃了你的心肝脾肺,掏净你的五脏,弄作个肚子精!"妖精听说,吓得魂飞魄散。行者在肚内就抡拳跳脚,横行直撞,几乎把个皮袋儿捣破。那妖忍不住疼痛,倒在地下,半晌不开口。行者见不言语,想是死了,却把手略松一松。她就回过气来,叫:"小的们!在哪里?"小妖听见,都跑将来,又见妖精倒在地上,面容改色,口里哼唤不绝,连忙搀起,围在一处道:"夫人为何如此?想是急心疼了。"妖精道:"不是不是,我肚里已有了人。快把这和尚送出去。"那些小妖真个都来扛抬。行者在肚里叫道:"哪个敢抬!要便是你自家送我师父出去,我饶你命!"那怪一心惜命,只得硬撑起来,把唐僧背在身上,拽开步往外就走。小妖跟随着,道:"夫人往哪里去?"妖精道:"不远,不远。"只见她一纵祥光,就此去了。

　　未几到洞口,又闻得叮叮当当,兵器乱响。三藏道:"徒弟,外面似兵器响。"行者道:"恐是八戒操耙。你叫他一声。"三藏便叫八戒。八戒听见,道:"沙和尚,师父出来了!"二人掣开耙杖。妖精把唐僧驮出,到了洞外。沙僧问道:"师父出来,师兄何在?"三藏指着妖精道:"师兄在他肚里。"八戒笑道:"师兄,你在他肚里什么?出来吧!"行者在里边叫道:"张开口,等我出来!"那怪真个把口张开。行者变得小小的,爬在咽喉之内。正欲出来,又恐她无理来咬,即将铁棒吹口仙气,变作个枣核大的钉儿,撑住她的上颌。把身一纵,跳出口来,就把铁棒顺手带出。将腰一躬,还了原身法像,举起棒来就打。那妖也随手取出两口宝剑,叮当架住。两个在山头上重复赌斗,沙僧对八戒道:"请师父坐着,我与你各持兵器,助助大哥,把这妖精打倒吧。"八戒摆手道:"不不!他有神通,我们不济。"沙僧道:"说哪里话!都是大家有益之事。去来,去来。"他两个不顾师父,一齐驾风赶上,举钉耙,使宝杖,往妖精乱打。那妖精抵敌不住,急回头抽身就走,行者喝道:"兄弟们,赶上!"那妖见他们赶来,即将右脚上花鞋脱下来,变作本身模样,使两口剑舞将来;真身一晃,化一阵清风,径直回去。岂知三藏灾星未退,那妖到洞门前牌楼下,却见唐僧在那里独坐,她就进前一把抓住,抢了行李,咬断缰绳,连人与马,复又摄将进去。

且说八戒闪个空,一耙把妖精打落地,乃是一只花鞋。行者看见道:"你这两个呆子,看师父罢了,谁要你来助战!今不知师父如何,我们快去看看!"三人急回来,不见师父,连行李白马一并无着,慌得八戒、沙僧前后跟寻,大圣亦心焦性躁。正寻觅处,只见那路边斜拖着半截儿缰绳。他一把拿起,不觉满眼流泪。八戒道:"哥啊,师父一定又被妖精拿进洞去了,我们快去救他吧!"行者揩了眼泪道:"你们两个不必去,仍守在洞口。"言毕,大圣一纵身即跳入里面。见楼门关闭,抡铁棒一下打开。闯将进去,不见一人,前前后后,终无踪迹。只见后面桌上有个金香炉,上面供着一个大金字牌,牌上写着"尊父李天王位",旁边写着"尊兄哪吒三太子位"。行者见了,满心欢喜,把牌子及香炉一齐拿去。

一刹那间,返云光,径至洞口。八戒、沙僧迎着道:"哥啊,师父救去来否?"行者笑道:"里边一无所有,只有此牌与香炉,你们看看。"八戒道:"此有什么用处?"行者道:"我已有主见。"随带着牌与香炉,将身一纵,驾云直到南天门,质问李天王。天王看见牌字及女妖摄陷人口事,心中一想:"我一个女儿尚小,从未出门,何来有我的女儿成这妖精?"哪吒太子道:"父王忘了,那女儿原是个妖精,三百年前在灵山偷食了如来的香花烛,如来差我父子将她拿去。我们饶了她,不打她死。积此恩念,故拜父王为父,拜孩儿为兄,在下方供设牌位,侍奉香火。不期她已成精,陷害唐僧,却被孙行者搜到巢穴之间,将牌位拿来。"

天王闻着,大怒,立刻点起天兵,与行者按住云光。到南天门外,坠下云头,早抵陷空山上。八戒沙僧迎接着,回到洞口边。天王道:"孙大圣领兵将下去,我们三人在口上把守,做个里应外合,教她上天无路,入地无门。"众人依令。你看那行者与大众兵将,往洞里只是一跳,顷刻间到妖精旧宅。挨门找寻,终究不见。哪晓得她在东南黑角落上另有一个小洞,洞里一重小门,门内一间矮屋。老妖摄了三藏,就把他禁在这里。却巧有一班小怪,唶唶嘈嘈,挨挨挤挤,中间有一个偶然伸起头来,往洞外略看了一看,适撞着个天兵。一声嚷道:"在这里!"行者拿着棒,一齐捣将进去。那天兵把女怪及一窟的小妖精全数拘住,一齐出洞。行者寻着了唐僧、龙马、行李,欢天喜地,就引了三藏拜谢天王。天王命天兵押着群怪,别了唐僧等,去奏天曹。行者拥着唐僧,沙僧收拾行李,八戒拢马过来,请唐僧骑上了马,遂齐往大路而去。

因叹世途艰险,到处皆有坎阱,最易陷入。如唐僧之心志坚定,尚不及提防,被摄到无底洞内,吃尽苦头;然则阅历未深、初涉世途者,又安可不步步留心、防人诱入陷阱耶!

连环洞

国韵小小说

连环洞

唐僧与孙行者、猪八戒、沙和尚到西天取经,一路来过了高山无数。一日走到隐雾山左近,忽见石头上坐着一个妖精,左右有三四十个小妖,摆开一个圈子阵,似像专等行客。唐僧等随即引避,再从小路上兜过去。忽闻扑的一声响,跳出一个妖精,奔向前来,要捉唐僧。孙行者叫:"八戒!妖精来了,何不动手!"八戒掣钉耙乱筑,那妖使铁杵相迎。他两个在山坡下正在赌斗,又闻那草窠里一声响,跳出一个怪来,就奔向唐僧。行者道:"师父!八戒的眼拙,放那妖精来拿你了,等老孙打他去!"即掣棒上前就打。那妖即举杵来迎。他两个在草坡下正相持处,又听得山背后呼的风响,又跳出个妖精来,径奔向唐僧。沙僧见了大惊,即掣杖对面挡住,那妖也挥杵相持,吆吆喝喝,乱嚷乱斗,渐渐地走远。

那老怪在半空中,见唐僧独坐在马上,伸下五爪钢钩,把唐僧一把摄住,一阵风径摄到洞内,连叫:"先锋!"那定计的小妖上前跪倒,口中道:"不敢不敢!"老妖道:"大将军一言既出,如白染黑。我原说拿了唐僧,封你为前部先锋。今果妙计成功,岂可失信于你?着小的们刷锅烧火,把唐僧蒸一蒸,我与你都吃他一块肉,以图延寿长生也。"先锋道:"大王,且慢些吃。"老妖道:"既拿来,何必慢些吃?"先锋道:"大王吃了他,恐有祸事。猪八戒、沙和尚尚不害怕，但恐孙行者记毒。他若晓得了，也不来和我们厮打，只把那金箍棒从山腰里捅个大洞，连山都掘倒了，我们都无安身之处矣。"老妖道："先锋，凭你有何高见？"先锋道："依着我，把唐僧送在后园，绑在树上。两三日等他们不来寻，我才拿他出来，自在受用，岂不是好？"老妖即令把唐僧拿入后园，一条绳绑在树上。那唐僧止不住腮边泪流，叫道："徒弟啊！你们在山中擒妖，我在此处受灾，何日相会？痛煞我也！"

正自两泪交流，只见对面树上有人叫道："长老，你也进来了？"长老问道："你是何人？"那人道："我是本山的樵子，被山主前日拿来，绑在此间，今已三日。算计要吃我哩。"长老道："樵夫啊！你死只是一身，无甚挂碍，我却死得不干净。"樵子道："长老你是个出家人，死了有什么不干净？"长老道："我本是东土往西天取经去的，奉唐朝皇帝御旨，拜活佛，取真经，要超度那幽冥无主的孤魂。今若丧了性命，岂不令君王盼煞？那枉死城中无限的冤魂，亦岂不大失所望，永世不得超生？一场功果，成为泡影，这却什么得干净？"樵子闻言，堕泪道："长老，你死不过如此，我死更伤情。我只有老母，毫无家业，只靠打柴为生。老母今年八十三岁，只我一人奉养。倘若身死，其如母何？"长老闻言，大哭道："可怜，可怜！事亲事君，皆同一理。你为亲恩，我为君恩。"正是那"流泪眼观流泪眼，断肠人遇断肠人"！

且不言三藏遭困。却说行者在草坡下战退小妖,急回来路边,不见了师父,只存白马、行囊。慌得他牵马挑担,向山头上找寻,大叫师父。忽见八戒气呼呼地跑将来道:"哥哥,你喊什么?"行者道:"师父不见了,你可曾看见么?"八戒道:"我原来只跟唐僧做和尚的,你又捉弄我,叫我舍着命与那妖精战了一会回来。师父是你与沙僧看着的,反来问我。"说未了,只见沙僧到来。行者问师父哪里去了,沙僧道:"你两个眼都花了,把妖精放将来拿师父。我去打那妖精,师父自家在马上坐的。"行者气得暴跳道:"中他计了!中他计了!"沙僧道:"中他甚计?"行者道:"这是'分瓣梅花计',把我兄弟们调开,他劈心里捞了师父去了。然必在这座山上,我们快去寻来!"三人急急入山找寻去了。

向前而去,行了有二十里远近,只见那悬崖脚下有一座洞府,石门上横安着一块石板,有六个大字,叫作"隐雾山连环洞"。行者道:"八戒,动手啊!此间乃妖精住处,师父必在此间。"那呆子举钯尽力一筑,把这石门筑了一个月洞,叫道:"妖怪!快送出我师父来!"守门的小妖急急报入,老妖大惊道:"不知哪个寻将来也?"先锋道:"等我出去看看。"那小妖奔至前门,从那月洞处往外张,见是个长嘴大耳朵,即回头高叫:"大王莫怕,他这个是猪八戒,没什么本事。怕便只怕那毛脸雷公嘴的和尚。"八戒在外边听见,道:"哥哥,他不怕我,却只怕你。师父定在彼处了,你快上前!"行者骂道:"泼孽畜,你孙外公在这里！送我师父出来,饶你命吧！"先锋道:"大王,不好了！孙行者也寻将来了！"老怪抱怨道:"都是你定的什么分瓣分瓣,却惹得祸事临门！如何结果？"先锋道:"大王且休埋怨,我闻得孙行者是个宽宏海量的猴头,虽则他神通广大,却好奉承。我们拿个假人头出去,哄他一哄,奉承他几句,只说他师父是我们吃了。若还哄得他去了,唐僧还是我们受用；哄不过,再作道理。"老怪道:"哪里得个假人头？"先锋道:"等我做一个儿看看。"即寻一颗柳树根,砍作个人头模样,涂上些人血,着一个小妖,使盘儿拿至门下,叫道:"大圣爷爷,息怒容禀。"行者果好奉承,听见叫声"大圣爷爷",便就止住八戒道:"且莫动手,看他有何话说。"小怪道:"你师父被我大王拿进洞口,洞里小妖蠢顽,不识好歹,这个来吞,那个来咬,一霎儿把你师父吃了,只剩了一个头在这里。"

行者闻着,心中惶骇悲痛,表面上犹硬着头皮道:"既吃了便罢,快拿出人头来我看。"那小怪从月洞里抛出那个头来。八戒见了就哭。行者道:"呆子,你且认认真假再哭！这是个假人头,抛得像梆子声。你不信,等我抛了你听。"拿起来往石头上一掼,当的一声响。急擎出棒,扑地一下打破了。八戒看时,乃是个柳树根,就忍不住骂道:"你把我师父藏在洞里,倒还要拿个柳树根来哄我猪祖宗。我师父是柳树精变的么？"吓得那拿盘的小怪战战兢兢回报道:"难,难！"老妖道:"什么有许多难?"小妖道:"猪八戒与沙和尚倒哄过了,孙行者却是个贩古董识货的,他就认得是个假人头。如今得个真人头与他,或者他就去了。"老怪即命众妖拣了一个新鲜的人头,教刷净头皮,光滑滑的,还用盘儿拿出,叫:"大圣爷爷,先前是个假头。这个真正是唐老爷的头,我大王留下镇宅子的,今特献出来了。"扑通地把个人头又从月洞里抛出,血滴滴地乱滚。行者认得是个真人头,没奈何就哭。八戒、沙僧也一齐放声大哭。八戒含着泪道:"哥哥,且等我去趁早埋下再哭。"行者道:"也说的是。"那呆子不嫌秽污,把个头抱在怀里,跑上山崖向阳处,取钯筑了一个坑,把头埋了,又筑起一个坟冢。他走向涧边,攀几根大柳枝,拾几块鹅卵石,回至坟前,把柳枝插在左右,鹅卵石堆在面前。行者问道:"这是怎么说?"八戒道:"这柳枝权为松柏,与师父遮遮坟顶;那石子权当点心供养,聊表生人之意。"行者道:"且休乱弄。教沙僧在此,一则庐墓,一则看守行李、马匹。我与你去打破他的洞府,拿住妖魔,碎尸万段,与师父报仇去。"八戒即举钯随着行者,努力向前,不容分辩,把他石门打破,喊声震天,叫道:"还我活唐僧来!"那洞里群妖一个个魂飞魄散,都归咎先锋的不是。那老妖问先锋道:"这和尚打进门来,却如何处治?"先锋道:"古人说得好:'手插鱼篮,避不得腥。'一不做二不休,左右率领家兵,杀那和尚去来。"老怪无可奈何,只得统率众妖,一齐呐喊,杀出洞门来。

这时大圣与八戒急退几步,到那山场平处,抵住群妖,喝道:"哪个是拿我师父的妖怪!"老怪持铁杵,应声高叫道:"那泼和尚,你敢惹我!我乃南山大王,数百年占据于此。你唐僧已是我吃了,你敢如何!"行者骂道:"这个大胆的毛贼!你能有多少本领,敢称什么南山大王!不要走,吃你外公爷的一棒!"那妖精侧身闪过,使杵抵住铁棒。八戒忍不住掣钯乱筑,那先锋率众齐来,在山中平地处一场混战。大圣见那些小妖猛勇,连打不退,即使个分身法,把毫毛拔下一把,都变作本身模样,一个使一根金箍棒,从处边往里打进。这行者与八戒,从阵里往外杀出。可怜那些小妖,挡着钯,九窍血出;碰着棒,骨肉如泥。吓得那南山大王滚风生雾,得命逃回。那先锋不能变化,早被行者一棒打倒,现出本相,乃是个铁背苍狼怪。行者将身一抖,收上毫毛道:"呆子,不可迟慢!快赶老怪,讨师父的命去来!"八戒回头不见那些小行者,便道:"哥哥的法相儿都去了?"行者道:"我已收回来了。"八戒道:"妙啊,妙啊!我们且去赶来。"那老怪逃命回洞,吩咐小妖把前门堵了,勿再出头。

且说八戒赶至门外吆喝,无人答应。八戒使钯筑时,莫想得动。行者道:"八戒莫费气力,他把门已堵了。且回墓前看看去。"二人复至本处,见沙僧还哭哩。八戒越发悲伤,伏在坟上,手扑着土痛哭。行者道:"兄弟且莫悲切。这妖精把前门堵了,一定有个后门出入。你两个在此闲等,我再去寻看。"八戒滴泪道:"哥哥,仔细着,莫连你也捞去了,我们不好哭。若哭一声师父,哭一声师兄,就要哭得乱了。"行者道:"胡说!"即收了棒,移步转过山坡,忽听得潺潺水响。回头看处,原来是涧中之水,上流头冲下来的。又见涧边有座门,门边有个暗沟,沟中流出红水来。他道:"不消讲,那就是后门了。"即变作一个水老鼠,嗖的一声蹿过去,从那沟中钻至里面天井中。探头观看,只见那向阳处几个小妖拿些人肉来晒。行者道:"这肉恐是我师父的,防天阴,故拿出来晒。"心中暗想:"那妖怪倒很厉害。我且再变化进去寻那老怪,看他何如。"跳出沟,摇手一变,变作个有翅的蚂蚁。他展开翅,一直飞到中堂。只见那老怪坐着,面色极为烦恼。有一个小妖从后面跳将来报道:"大王,万千之喜!"老妖道:"喜从何来?"小妖道:"我才在后门外涧头上探看,忽听得有人哭。即爬上峰头望,望原来是猪八戒、孙行者、沙和尚在那里拜坟痛哭。想是把那假人头认作唐僧的头,葬在坟墓哭哩。"行者暗中听说,心喜道:"若据此言,我师父还藏在哪里未曾吃哩。等我再去寻寻。"即飞过中堂,东张西看,见旁边有个小门儿,关得甚紧。即从门缝里钻入看时,原是个大园子,隐隐地听得悲声。飞入深处,但见一丛大树,树底下绑着两个人,一个正是唐僧。行者见了,欢喜不胜,忍不住现了本相,近前叫声"师父"。那长老滴泪道:"悟空,你来了!快救我一救!"行者道:"师父,你且莫当面叫穿。前面有人,怕走了风声。你既有命,我总可救你。"却又摇身,还变作个蚂蚁,复入中堂,停在梁上。只见那些小妖纷纷嚷嚷,内中忽跳出一个道:"大王,他们见堵了门,攻打不开,将假人头弄作坟墓。今日哭一日,明日再哭一日,后日哭了,想必回去。打听得他们散了,把唐僧拿出来,碎剁碎切,把些作料,烧得香喷喷的,大家吃一块,也得个延寿长生。"又一个小妖拍掌道:"还是蒸了吃得有味。"又一个道:"他本是个稀奇之物,还用些盐腌腌,好吃得长久。"行者在梁上听见,大怒道:"我师父与你何仇,要这般算计吃他!"即将毫毛拔了一把,都教变作瞌睡虫儿,向众妖脸上抛去,一个个钻入鼻中,打盹睡倒。只有老妖睡不稳,他两只手只管揉头搓脸。行者道:"等我与他个双添灯。"又变一个虫儿抛在他脸上,钻入鼻内。那老怪打两个呵欠,呼呼地也睡倒了,行者才跳下来,现出本相。耳朵里取了棒,把旁门打破,跑至后园,高叫师父,将绳解下,挽师父就走。

　　正要走时,只听得对面树上绑的人叫道:"老爷舍大慈悲,也救我一命!"长老立定身叫悟空:"那个人也解他一解。"行者道:"他是何人?"长老道:"他是个樵子,说有母亲年老,倒是个尽孝的。一发连他救了吧。"行者也解了他绳索,一同带出后门。爬上石崖,过了涧,长老道:"悟能、悟净都在何处?"行者道:"他两个都在那里哭你哩,你可叫他一声。"长老果高叫:"八戒,八戒!"那呆子哭得昏头昏脑的,揩揩眼泪道："沙和尚，师父回家来显魂哩！在那里叫我们不是？"行者上前喝道："夯货！显什么魂！这不是师父么！"沙僧见了，急忙跪在面前道："师父，你受了多少苦？哥哥如何救得你来？"行者把上项事说了一遍。八戒闻言，举起钯把那坟墓一顿筑倒，掘出那人头，一顿筑得稀烂，道："师父啊，不知他是哪家的亡人，教我朝着他哭！"长老道："也亏他替了我命哩。遂把他埋一埋，见我们出家人慈悲。"那呆子听言，遂又埋下。行者笑道："师父你请略坐坐，等我剿除去来。"即又跳下石崖，过涧入洞，把那绑唐僧与樵子的绳索拿入中堂。这时候老妖还睡着未醒，即将他捆住，使金箍棒挑起来，掮在肩上，径出后门，到师父跟前放下。八戒举钯就筑，行者道："且住。洞里还有小妖未拿，要打又费工夫。不若寻些柴，教他断根吧。"那樵子闻言，即引八戒去山坳里寻了许多枯柴，送入后门。行者点上火，八戒两耳扇起风。大圣将身抖一抖，收了瞌睡虫的毫毛，那些小妖醒来，烟火齐着，莫想有半个活命，连洞府烧得精空。却去见师父，那老妖也方醒，被八戒上前一钯，把老妖筑死，现出本相，原来是个艾叶花皮豹子精。长老欢喜不尽，攀鞍上马。那樵子道："老爷，向西南去不远就是舍下，请老爷到舍见见家母。叩谢老爷活命之恩，就送上路。"长老欣然，不骑马，即与樵子并四人同行，向西南迤逦前往。

走不多时，远见一个老妪，倚着柴扉，眼泪汪汪，儿天儿地地痛哭。这樵子看见自家母亲,急忙先跑到柴扉前跪下,叫道:"母亲,儿来了!"老妪一把扯住道:"儿啊!你这几日不来家,我只说是山主拿你去害了性命,使我心痛难忍。你既不曾被害,为何今日才回?"樵子道:"母亲,儿已被山主拿去绑在树上,自料必死。幸亏这几位老爷神通广大,把山主一顿打死,却将那位老爷连孩儿都解救出来。此诚天高地厚之恩!如今山上太平,孩儿通夜行走,也不怕了。"那老妪听言,一步一拜,随着长老。四人都入茅舍中坐下,娘儿两个磕头称谢不尽,急忙安排些素斋好菜供奉师徒。饱餐一顿,收拾起程,那樵子前引上路道:"老爷切莫忧思,这条大路向西方不满千里,就是天竺国极乐之乡。"长老闻言,遂与徒弟孙行者等致谢而别。

  古人云:"孝可感天。"唐僧固历劫未满,应该受此种磨难;这樵子被妖魔捉去,亦得遇救,逃出性命,母子团聚。安见得不是上天念他是个孝子,暗中保佑着他,故得以不死呢?

看金灯

国韵小小说

看金灯

却说唐僧与孙行者、猪八戒、沙和尚等至西天取经,有一日路过慈云寺,憩息片刻,拟即动身,却被众僧并斋主款留道:"老师宽住一二日,过了元宵,耍耍去不妨。"唐僧惊问道:"弟子在路,把光阴都错过了,不知几时是元宵佳节?"众僧笑道:"老师拜佛心重,故不以此为念。今日乃正月十三,到晚就试灯。后日十五上元,直至十八九方才谢灯。我这里人家好事,本府太守老爷爱民,各地方俱高张灯火,彻夜笙箫。又有个金灯桥,乃上古传留,至今丰盛。老爷们宽住数日,我荒山尚管待得起。"唐僧不得已,遂俱住下。当晚只听得佛殿上钟鼓喧天,乃是街坊众姓人等摆灯来献佛。唐僧都出方丈来看了灯,各自安寝。次日斋罢,同步后园闲玩一日,至晚在本寺看了灯,又到各街上看灯,游戏到二更时方才回转安置。

次日,唐僧对众僧道:"弟子原有扫塔之愿。趁今日上元佳节,请院主开了塔门,让弟子了此愿心。"众僧随开了塔门,唐僧拜佛祷祝毕,即将笤帚一层层扫毕下来。天色已晚,又都点上灯火。此夜正是十五元宵佳节。众僧道:"老师父,我们连晚只在荒山与关厢看灯,今晚正节,进城看看金灯如何?"唐僧欣然从之,同了三个徒弟及众僧进城去看。不一时到了,只见乱哄哄的无数人烟,有那跳舞的、高跷的、装鬼的、骑象的、迎龙的，东一攒、西一簇，看之不尽。却才到金灯桥上，唐僧与众僧近前看处，原来是三盏金灯。那灯有缸样大，上罩着玲珑剔透的两层楼阁，都是细金丝儿编成，内扎着琉璃薄片，其光晃月，其油喷香。唐僧问众僧道："此灯是什么油，为何如此异香扑鼻？"众僧道："老师不知，我这府后有一县，叫作旻天县。县有一百四十里，共有二百四十家灯油大户。府县的各项差徭尚不算受累，唯此项灯油，须大户人家摊派，每家一年要用二百多两银子，真受累不浅。此油不是寻常之油，乃是苏合香油。这油每一两值价银二两，每一斤值三十二两银子，每缸要五百斤，三缸共一千五百斤，须银四万八千两，还有杂项使用。将近五万余两，只点得三夜。"行者道："这许多油，三夜何以就点得尽？"众僧道："这街内每缸有四十个大灯马，都是灯草扎的把，裹了丝绵，约有鸡子粗细。只点过今夜，见佛爷现了身，明夜油也没了，灯也昏了。"八戒在旁笑道："想是佛爷连油都收去了。"

正说处，只听得半空中呼呼风响，吓得这看灯的人尽皆四散。那些和尚也立不住脚道："老师父，回去吧。风来了，是佛爷降祥，到此看灯也。"唐僧道："如何见得是佛爷看灯？"众僧道："年年如此。不上三更，就有风来，知道是诸佛降祥，所以人都回避。"唐僧道："我弟子原是念经拜佛的人，今逢佳景，果有诸佛降临，就此拜拜，也是好的。"众僧连请不回。少时，风中果现出三位佛身，近灯来了。唐僧即跪上桥顶，倒身下拜。行者认得，急忙扯起道："师父，不好！必定是妖邪！"说未完，见灯光昏暗，呼的一声把唐僧抱起，驾云而去，吓得那八戒、沙僧两边找寻。行者叫道："兄弟不须在此叫唤！师父乐极生悲，已被妖精摄去了。"那几个和尚害怕道："爷爷怎见得是妖精摄去？"行者笑道："原来你辈凡人，不知不识，故被妖邪惑了，还说是真佛降祥，受此灯供。刚才风到处现佛身者，就是三个妖精。我师父亦不能识，上桥顶就拜，却被他弄暗灯光，将器皿盛了油，连我师父都摄去。我略迟走了些，故见他三个化风而遁。"沙僧道："师兄，如此奈何？"行者道："不必迟疑，你两个同众回寺，看好马匹、行李，等老孙趁此风前往追赶。"说罢，急纵筋斗云而去。

　　正起在半空，闻着那腥风之气，向东北上径赶。赶至天晚，倏尔风息。只见一座大山，十分险峻。大圣在山崖上正自找寻，见一老者，问道："这座山可是妖精窟穴之处？"那老者道："正是，正是。此山名青龙山，内有洞，名玄英洞。洞中有三个妖精：大的叫作辟寒大王，第二个叫作辟暑大王，第三个叫作辟尘大王。这妖精在此有千年了，他们自幼儿爱食苏合香油。当年成精，到此假装佛像，哄了金平府官员人等设立金灯，灯油用苏合香油调制。他们年年到了正月半，变了佛像收油。今年见你师父，他们认得是圣僧，连你师父都摄在洞内，不日要割剐你师之肉，用苏合香油煎成，以当大嚼。你快用心救援去吧。"行者闻言，转过山岩，找寻洞府去了。

行未数里，只见那涧边岩下有座石屋，两扇石门半开半闭，门旁立个石碣，上有六字，却是"青龙山玄英洞"。行者不敢径入，立定步，叫声："妖怪！快送出我师父来！"只听呼啦一声，大开了门，跑出一个牛头精，呆瞪瞪地问道："你是谁，敢在这里呼叫？"行者道："我是东土大唐圣僧唐三藏之徒弟。我师在金平府看灯，被你家魔头摄来。快早送出，免汝等性命！"那些小妖急入内报道祸事。三个老妖正把唐僧拿在那洞中，叫小妖剥了衣裳，清水洗净，算计要细切细剁，用苏合香油煎吃。忽闻得报声祸事，老大着惊，问是何故，小妖道："门前有一个毛脸雷公嘴的和尚，吵闹要讨还师父。"那老妖听说，心惊道："哪来的和尚，还不曾问他什么名姓。"就叫来审问。吓得唐僧战战兢兢跪在下面，只叫大王饶命。三妖异口同声道："你是哪方来的和尚？"唐僧磕头道："贫僧是东土大唐驾下差来，前往大雷音寺拜佛取经的。"那妖僧道："你由东土到此，路程甚远，一行几众，都叫什么名字？快从实供来，饶你性命。"唐僧道："贫僧姓陈，法名玄奘，又名唐三藏。我有三个徒弟：第一个孙悟空行者，乃齐天大圣归正。"群妖一闻此言，吃了一惊，道："这个齐天大圣可是五百年前大闹天宫的？"唐僧道："正是。第二个猪悟能八戒，乃天蓬元帅转世；第三个沙悟净和尚，乃卷帘大将临凡。"三个妖王听说,个个心惊道:"早是不曾吃他。小的们,且将铁链锁在他后面,等拿了他三个徒弟来,一同吃吧!"遂点了一群牛精,各持兵器出门,掌了号头,摇旗擂鼓。三妖披挂整齐,都到门外喝道:"是谁人敢在我这里吆喝!"行者睁眼一看,那三个妖精一个使钺斧,一个使大刀,一个肩担挝挞藤。又见那七长八短的小妖,都是牛头鬼怪,各执枪棒。有三面大旗,明写着"辟寒大王""辟暑大王""辟尘大王"。行者看了,上前高叫道:"泼贼怪!认得老孙么!"那妖喝道:"你是那闹天宫的孙悟空?真个是闻名不曾见面,见面羞煞天神!你原来是这样小猴儿,敢说大话!"行者大怒道:"我把你这个偷油的油嘴贼怪!不要乱谈!快还我师父来!"赶近前轮棒就打。那三妖举三种兵器,急架相迎。斗经百五十合,天色将晚,胜负未分。只见那辟尘大王把挝挞藤闪一闪,跳过阵前,将旗摇了一摇。那牛头鬼簇拥前来,把行者围在垓心,各抡兵器,乱打将来。行者见事不谐,呼啦一下纵云而走。那妖亦不追赶,一经收兵转洞不提。

且说行者回至慈云寺内,见了八戒沙僧,备言前事。八戒道:"那里想是酆都城鬼王弄喧。"沙僧道:"你如何知道?"八戒笑道:"哥哥说是牛头鬼怪,故知之耳。"行者道:"不是,不是。凭我老孙看来,那怪是三只犀牛成妖的。"八戒道:"若是犀牛,拿住他锯下角来,倒值好几两银子。"正说处,众僧摆上晚斋吃了。行者道:"且收拾睡觉。待明日我等都去,拿住妖王,庶可救师父也。"沙僧道:"哥哥,常言道:'停留长智。'那妖精倘或今晚不睡,把师父害了,却如之何?不如此刻就去,嚷得他措手不及,方才好救师父。少迟,恐致有失。"八戒闻言道:"说得是,我们何不趁此月光去降魔耶?"行者即吩咐寺僧道:"你们且看守行李、马匹,待我等把妖精捉来,对本府刺史证明假佛,免却灯油,以纾该县小民之困,岂不是好?"众僧领诺称谢。他三人遂纵云而去。

一到青龙山玄英洞口,按落云头,八戒就欲筑门。行者道:"且待我进去看看师父生死如何,再好与他争持。"即念着咒诀,变作个火焰虫儿,飞入洞中。见几只牛横倚直倒,一个个呼吼如雷,尽皆睡熟。又至中厅里面,全无消息,四面门户全关,不知那三个妖精睡在何处。转过厅房,向后又照,只闻得啼泣之声,乃是唐僧锁在后房檐柱上哭。行者展开翅飞近师前,叫声:"师父,我来了!"唐僧喜道:"悟空!原来是你。"行者即现了本相,说明来由,即使个解锁法用手一抹,那锁早自开了。领着师父往前正走,忽听得妖王在正中厅房里叫道:"小的们,快来!"有几个立起就走,走到后面,可可撞着他师徒两个。众妖一齐喊道:"好和尚啊!扭开锁往哪里去!"行者见了,掣棒就打,打死两个。其余的跑到中厅,打着门叫:"大王!不好了!毛脸和尚在家里打杀人了!"那三怪听见,一骨碌爬起来,只叫拿住拿住,吓得个唐僧手瘫脚软。行者顾不得师父,一路棒滚向前来。众妖招架不住,被他打开几层门。出来叫应八戒、沙僧,将洞中事说了一遍,再作计议不提。

且说那妖王把唐僧捉住,依然使铁索锁了,执刀抡斧,灯火齐明,便问道:"你这厮如何开锁?那猴子如何得进?快早供来,饶你之命!不然,就一刀两段!"慌得那唐僧战战兢兢地跪下道:"大王爷爷!我徒弟孙悟空,他会七十二般变化,变个火焰虫儿飞进来救我,不料大王知觉,被长官等看见。是我徒弟不知好歹,打伤两个。众皆喊叫,他遂顾不得我,走出去了。"三妖呵呵大笑道:"早是惊觉,未曾走了。"叫小的们把前后门紧紧闭上,不要去理他们。沙僧道:"闭了门不来追赶,莫非是暗害我师父?我们快早打门。"那呆子举耙尽力一筑,把那石门筑得粉碎,大声喊骂道:"偷油的贼怪!快送吾师出来!"三妖闻知,十分恼怒,即披挂装束,各持兵器,率小妖出门迎敌。此时约有三更时候,半天中月明如昼。走出来,便就抡兵。这里行者抵住钺斧,八戒敌住大刀,沙僧迎住藤棍。赌斗多时,不分胜负。那辟寒大王喊一声:"小的们,上来!"众精各执兵刃齐来,早把个八戒绊倒在地,被几个水牛精拖入洞里捆了。沙僧见八戒被拿,即掣宝杖往辟尘大王虚丢个架子要走,又被群精一拥而来,捉去捆了。行者见事已难为,纵筋斗云而去。

又至慈云寺。寺僧接着,问唐老爷救得否,行者道:"难救,难救。那妖精神通广大,倒把我两个师弟都捉去了。汝等可看好马匹、行李,等老孙上天去求救兵来。"众僧道:"爷爷怎能上天?"行者笑道:"天宫原是我的旧家,时常走走,只当玩耍。"众僧又磕头礼拜。行者出得门,打个呼哨,早至西天门外。忽见太白金星与增长天王及段、朱、陶、许四大灵官讲话。他见行者来,忙施礼道:"大圣哪里去?"行者将玄英洞之事说了一遍,谓:"老孙不能收服此怪,特来启奏玉帝,查他来历,请命将降之。"金星呵呵大笑道:"大圣既与妖众相持,岂看不出他的出处?"行者道:"认便认得,是像牛精。但是他大有神通,一时不能降他。"金星道:"那是三个犀牛之精,彼亦能飞云步雾,行于江海之中,能开水道。若要拿他,须是四木禽星,见面就伏。他在斗牛宫外罗布乾坤,你去奏闻玉帝,自有办法。"行者拱手称谢,入天门去了。

　　一到通明殿下,见了四大天师,即领行者至灵霄宝殿启奏,备言其事。玉帝传旨,叫点哪路天兵相助,行者奏道:"老孙才到西天门,遇长庚星说,那怪是犀牛成精,唯四木禽星可以降伏。"玉帝即差许天师同行者到斗牛宫,点四木禽星下界收降。旁边即闪过角木蛟、斗木獬、奎木狼、井木犴,应声呼道:"孙大圣,欲去可赶快去。"行者即同四星官纵云,径到了青龙山玄英洞。四木道:"大圣,你先去索战,引他出来,我们随后动手。"行者即打门大骂道:"偷油的贼怪!还我师父来!"那三妖不知死活,各持兵器赶出洞来。行者发狠,举棒就打。三妖调小妖跑个圈子阵,把行者围在中间。

那四木禽星一个个各抢兵刃道:"孽畜休动手!"那三个妖王看见四星,自然害怕,俱道:"不好了,他寻得个帮手来!小的们,不如各顾性命走吧!"只听得呼呼吼吼,众妖都现了本相,原来是山牛精、水牛精、黄牛精,满山乱跑。那三妖也丢了兵器,现了本相,放下手来,还是四只蹄子,就如铁炮一般,径往东北上跑。这大圣率井木犴、角木蛟紧迫急赶,略不放松,唯有斗木獬、奎木狼在东山坳里、洞谷之中,把这群牛精打死或活捉。顷刻收尽,却去玄英洞里解了唐僧、八戒、沙僧。沙僧认得是二星,因问二位如何到此相助。二星道:"吾等是孙大圣奏玉帝请旨调来收怪救你们的。"唐僧道:"我悟空徒弟为何不见?"二星道:"那老怪是三只犀牛。他见我等,个个顾命,向东北方逃遁。孙大圣率井、角二星追赶去了。我二人扫荡群妖到此,特来解放圣僧。"唐僧再三拜谢。奎木狼道:"天蓬元帅,你与卷帘大将保护你师回寺安歇,待吾等到东北方去协擒。"八戒道:"好好好,你们去吧。"

那二星官立时追袭。八戒与沙僧即收拾他洞口细软之物,有珊瑚、玛瑙、珍珠、琥珀、美玉、良金,一起搬在外面。请师父到山岩上坐了,他又进去放起火来,把玄英洞烧成灰烬,乃领唐僧找路回慈云寺去。不多一时,八戒、沙僧保护唐僧进得山,只听见行者在半空言语:"即便撇了师父。"纵云起到空中,问行者降妖之事。行者道:"那一只被井星咬死,已锯角剥皮。带来两只活拿在此。"八戒道:"这两个索性押在此地,与官员人等看看,也认得我们是神僧。左右烦四位星官收云下地,同到府堂。"众僧果推落犀牛,一簇彩云,降至府堂之上,吓得那府县官员、城里城外人等家家焚香、户户礼拜。少时间,慈云寺僧把长老用轿抬进府门。会了行者,备叙前事。长老称谢不已。又见那府县各官,多在那里高烧宝烛,满斗焚香,朝上礼拜。少顷间,八戒发起性来,掣出戒刀,将辟尘、辟暑砍下,又随即取锯子锯下四只角来。大圣更有主张:"就叫四位星官将此四只犀角拿上界去进贡玉帝,回缴圣旨。带来的二只,留一只在府堂镇库,以作日后免征灯油之证;我们带一只去献灵山佛祖。"四星大喜,即时别了大圣,驾彩云向空而去。

　　府县官留住他师徒四人,大排素宴,遍请乡官陪奉。一方面出给告示,晓谕军民人等下年不许点设金灯,永除大户买油之役;一方面叫屠夫宰剥犀牛皮,制造铠甲,把肉普给官员人等;一方面动支罚镪,买了民间空地,起建四星降妖之庙;又为唐僧建立生祠,竖碑刻文,以为报谢。师徒们领受那灯油大户二百四十家的酬请,十分满意。八戒把洞里搜来的宝贝每样携些在袖里,为各家斋筵之赏。住经匝月,犹不得起身。长老吩咐悟空将剩余的宝物尽送慈云寺僧,以为酬礼。瞒着这些大户人家,天未明,一齐都走了。

莲花化身

国韵小小说

莲花化身

却说商朝陈塘关有一位总兵官,姓李,名靖。夫人殷氏一日生下一子,但是不是小孩,乃一肉球,在地乱滚。夫人大惊。两个服侍的丫鬟看了,慌忙往前边报与李靖知道。李靖闻言,提了宝剑,走到房中。只见满屋红光,异香扑鼻,那肉球还在地上滚个不住。李靖亦惊,将手中宝剑砍去。肉球分开,跳出一个小儿,右手执一金镯,肚上围着一块红绫,满地上跑。李靖当作妖怪,一把抱起,分明是个小孩。不忍当作妖怪,坏他的性命,替他取个名氏叫作李能,养在家中。诸君要晓得,此孩大有来历,是一位神仙的徒弟。手上金镯是乾坤圈,红绫是混天绫,是神仙给他的两件宝贝。

过了几年,李能已是七岁。时逢五月,天气炎热,李靖不在家中。李能无事,想到城外去闲玩一会,禀过母亲。殷夫人叫他带一名家丁同去,休得贪玩,快去快来。李能应道晓得,同了家丁出城。一路上日光如火。约行一里有余,李能已走得汗流满面,乃叫家丁看前面林中可好纳凉。家丁来到绿柳荫中,只觉凉风阵阵,暑气顿消,急忙走回来禀李能道:"公子,前面柳林中甚是清凉,可以避暑。"李能大喜,便走进林内,解开衣带,甚觉凉爽。忽抬头见那边清波滚滚,绿水滔滔,李能便同家丁走到河边,与家丁说道："我方才走出关来，热极了，一身是汗，如今在这水中洗一个澡。"家丁道："公子仔细。"李能道："不妨。"脱了衣服，坐在石上，托混天绫放在水里，蘸水洗澡，不知此河乃东海上口。李能将此宝放在水中，把水都映红了；摇动起来，连龙王住的宫殿都晃得乱响。

龙王在宫中闲坐，只听得宫门震响，忙唤左右的人问道："又不地震，为何宫殿晃摇？"即命巡海的夜叉去看海口何物作怪。夜叉奉命来到海口一望。只见水都通红，一小儿坐在石上，将红绫蘸水洗澡。夜叉上前大叫道："那孩子将什么作怪东西放在水中，把水都映红，宫殿摇动？"李能回头一看，见水中跳出一物，面如蓝靛，发似朱砂，手执大斧。李能道："你是个什么东西，也会说人话？"夜叉大怒道："吾奉主公之命，特来捉你。如此骂我！"跳上岸来，往李能一斧劈来。李能正赤身站着，见夜叉来得勇猛，将身躲过，把右手套的乾坤圈除下，往夜叉当头打去。此圈乃是宝贝，夜叉如何禁得起，一下就打死了。李能笑道："把我的宝贝都污了！"复到石上坐下，洗那圈子。龙宫本已摇动，再加上乾坤圈的震动，险些儿把宫殿都晃倒了。龙王道："夜叉去了，尚不回来，何以此刻这等震动？"正说话间，只见龙兵来报："夜叉被一孩儿打死在陆地。"龙王大惊，忙传令点龙兵："待吾亲去看是何人。"话未了，只见龙王三太子出来道："父亲何故大怒？"龙王将打死夜叉之事说了一遍。三太子道："父亲放心,待孩儿去拿来便了。"忙调龙兵,提了长枪,径出水晶宫,分开水势,跳上岸来,叫道:"何人打死我巡海夜叉!"李能道:"是我。"三太子道:"你是何人?"李能道:"我是陈塘关总兵之子李能。我在此避暑洗澡,与他何涉?他来骂我,被我打死了。"三太子道:"你打死我家之人,难道不偿命?"说罢,一枪刺将过来。李能急了,把混天绫往空中一展,似一团火球,往下一卷,把三太子卷倒在地。李能赶上一步,一脚踏住三太子的头颈,提起乾坤圈,照顶门一下,把三太子的原形现出,乃是一条龙,在地上挺直。李能道:"他原来是龙。我听说龙筋最是名贵,抽了他的筋,编成绦子,与父亲束甲,也显出我孝心。"想罢便把龙筋抽了。那家丁吓得浑身发抖,李能道:"你不必害怕,随我进关。"拿了龙筋回至家中,来见殷夫人。夫人道:"我儿往哪里玩耍,便去这半日?"李能道:"关外闲行,不觉来迟。"说罢往后园去了。

且说龙王在水晶宫里,只听得龙兵来报,说陈塘关总兵之子李能把三太子打死,连筋都抽去了。龙王听了大惊道:"李靖你既为一关之主,如何纵容儿子出来闯祸!既杀我子,我与你势不两立!"说罢便起身往关中来,直到帅府,对门官道:"你与我传报,说东海龙王要见你家主人。"门官急忙入内报与李靖知道。李靖不知来意,整衣相迎。见面后尚未开言,见龙王面含怒气,说:"你生的好儿子!快快叫他出来偿命!"李靖不知原委,说道:"我儿今年只有七岁,门也未出,有何事故得罪于你,说个明白才好!如此没头没脑说来,令人难解。"龙王便将李能洗澡震动龙宫、打死夜叉又将其三子打死抽筋之事说了一遍,不觉凄然泪下。李靖道:"不信有这等事。待我去叫他来问个明白。"

说罢,李靖往后堂来。殷夫人接着问道:"何人在厅上?"李靖道:"乃是东海龙王。他说李能打死他的儿子,如今叫他出去与他认。不知李能今在哪里?"殷夫人自思道:"只今日出门,如何做出这等事来!"不敢多言,只说在后园里。李靖来到后园,高声叫唤,叫了许久,不应。李靖走到海棠轩来,见门又关住。李靖在门口大叫,李能在里听见,忙开门来见父亲。李靖便问:"我儿在此做何事?"李能道:"孩儿今日无事,出关至九湾河玩耍。偶因炎热,下水洗个澡。怎料有一夜叉,孩儿又不惹他,他来骂我,还拿斧劈我,被儿一圈打死了。不知又有个什么三太子,由水中出来,持枪刺我,被我把混天绫裹他上岸,一脚踏住头颈,也是一圈,不意打出一条龙来。孩儿想龙筋最贵重,因此上抽了他的筋来,在此打一条龙筋绦,与父亲束甲。"李靖听了,吓得张口结舌,不语半晌,大叫道:"好冤家,你惹下了无穷之祸!你快出去见龙王,自回他话。"李能道:"父亲放心,不知者不坐罪,筋又不曾动他的,他要原物在此。待孩儿见他去。"李能随父来至大厅,上前道:"我一时失错,望乞恕罪。原筋交付明白,分毫未动。"龙王见物伤心,对李靖道:"你生出这等恶子，你方才还不承认！今他自己供认，我明日奏明上帝，要你父子性命！"说罢拂袖而起，扬长去了。李靖顿足放声大哭道："这祸不小！"夫人听见前厅悲哭，忙问左右。侍儿回道："今日公子因游玩，打死龙王三太子。适才龙王说奏明上帝，要老爷等性命，故此啼哭。"夫人着急，忙至前厅来看李靖。李靖见夫人来，面带泪痕道："不期生下此子，惹此大祸。龙王奏准上帝，我和你多则三日，少则两日，难免杀身之祸。"说罢又哭，情甚惨切。夫人亦泪如雨下。李能见父母哭泣，立身不安，双膝跪下道："父母两亲，孩儿今日实说了吧。我不是凡夫俗子，我是神仙之弟子。两宝皆师父所赐，叫我扶助明君，建立功业。谅龙王亦敌不得我，我如今赶上前去，止住龙王叫他不奏上帝。"说罢，飞也似去了。李靖及夫人急忙拦他，哪里拦得住，早出府门之外。

你道李能此去有何好意？他想威逼着龙王不敢奏闻上帝，故而如飞追上。追至龙王背后，提起乾坤圈，打龙王后心一圈。龙王正在前行，不提防背后有人暗自打了个饿虎扑食，跌倒在地。李能赶上去，一脚踏住后心。龙王回过头来一看，认得是李能，不觉大怒，况又被他打倒，乃大骂曰："好大胆小儿！你能有多大年纪！闯下大祸，罪已不赦，今又将我打倒。将你碎尸万段，不足以尽其辜！"李能被他骂得性起，恨不得就要一圈打死他，奈恐事体愈闹愈大，父母被累，只是按住他道："你叫，便打死你！我不说，你不知道我是谁。我非别人,乃神仙的弟子。就打你几下,亦不要紧。"龙王听罢,骂道:"孺子!打得好!打得好!"李能道:"你要打,就打你!"抡起拳来,或上或下,打了一二十拳,打得龙王叫喊。李能道:"你这老蠢物甚顽皮,不要打你。古云'龙怕揭鳞,虎怕抽筋'。"李能说罢,将龙王衣服扯起一边,左腋下露出鳞甲。李能用手连抓数把,抓下四五十片鳞甲,鲜血淋漓。龙王疼痛难忍,只求饶命。李能道:"你要我饶你,我不许你上本。跟我往陈塘关去,我就饶你;你若不依,一顿乾坤圈将你打死,料我师父也会与我做主,我也不怕。"龙王一时无法,只得应允:"愿随你去。"李能放他起来,正欲同行,李能道:"尝闻龙会变化,大就撑天柱地,小就芥子藏身。我怕你走了,何处寻你?你变一个小小蛇儿,我带你回去。"龙王不得脱身,没奈何,只得化一小小青蛇。李能拿来放在袖里,往总兵府来。家人忙报李靖道:"公子回来了。"李靖闻言,甚是不乐。李能进来谒见父亲,只见李靖眉锁春山,愁容可掬,忙上前请罪。李靖问道:"你从哪里来?"李能道:"孩儿赶上龙王,讨得保证。他已允不奏上帝。"李靖道:"胡说!他与你有杀子之仇,如何肯罢!真是一派狂言,欺瞒父母,甚是可恼。"李能道:"父亲不必动怒,现有龙王可证。"李靖道:"你尚胡说,龙王如今在哪里?"李能道:"在这袖中。"取出青蛇往地下一丢,龙王一阵清风,化成人形。李靖吃了一惊。龙王大怒,将半途袭打之事说了一遍,又把胁下鳞甲与李靖看道:"你生这凶恶之子!我约四海龙王,齐上天庭,申明冤枉,看你如何理处!"说罢,化阵清风去了。李靖顿足曰:"此事愈加重了,如何是好!"李能上前跪禀道:"父母二亲只管放心,师父从前命我下界扶助明君,现在孩儿向师父处求救去。"说罢出门去了。

且说李能自离了总兵府,往他师父太乙仙所住的乾元山而来,一路之上,行行重行行。不觉已到,在门外等候。等了半晌,只见一个童儿出来,李能上前道:"烦你通报,说灵珠子求见师父。"童儿应了,返身入内。隔不多时,出来道:"师父着你进去。"李能走到里面,见师父坐在云床之上,忙到面前跪下。神仙问道:"命你下山扶助明主,你来此做什么?"李能就将打死龙王三太子一事前前后后说了一遍。"现在龙王要奏明上帝,取弟子父子的性命,故来求师父搭救。"神仙道:"此事本是你的不是,如何可轻易杀伤人命?本待将你治罪,唯明君须人扶助,你又是一员大将,少你不得。待我代奏上帝,暂免问罪。以后须要小心,如再闯祸,二罪并罚,决不宽容。快快回关去吧。"李能听得连连顿首叩谢。辞了出来,一径回至陈塘关。进得府中,李靖尚是面带愁容。见李能回来,即问道:"我儿回来了。见你师父如何说法?"李能将见太乙仙的事述了一遍,李靖方转悲为喜道:"以后务须小心。快往后边安慰母亲去吧。"李能应了。见着殷夫人,照前说明。殷夫人亦大喜,吩咐了几句。

隔了几日，天气炎热更甚。观望长空，那一轮红日，果然似火盖一般。李能在园中坐了一会，心上觉闷，乃出后园门，径上陈塘关的城楼上来纳凉。此处李能未曾到过，只见好景致，熏风荡荡，绿柳依依。李能看了一回，自言道："这个所在好玩耍。"又见兵器架上有张弓，箭袋中有三支箭。李能自思："师父说我将来要做一员大将，如今不习弓箭，更待何时？况有现成弓箭，为何不演习演习？"李能想罢，便把弓拿在手中，取一支箭搭在弦上，往西南一箭射去。那箭不射犹可，一射，又射出事了。因此弓箭乃陈塘关镇关之宝，历任总兵官均加上名衔封条，不许妄动。李能一箭射去，只见一道红光往西南角上直蹿而去，那箭便无影无形了。不料西南角上有座高山，山中有一凌霄仙子的门人叫作碧云童子，提花篮采药，至山坡之下。那箭不偏不倚，正中咽喉，其翻身倒地而死。少时，他师弟彩云童子看见碧云童子中箭而死，急忙报与凌霄仙子道："师兄不知何故，箭中咽喉而死。"凌霄仙子听说，走到山前，果见碧云童子中箭而死。细看此箭上，有"李靖"衔名。仙子怒道："此箭定系李靖所射。待我将李靖捉上山来，以报此恨。"说罢便来至陈塘关，在空中叫道："李靖！出来见我！"李靖不知就里，走至天井。仙子衣袖一扬，已把李靖装入袖中。带至山上，在袖内抓出李靖，掷于地上。李靖慌忙跪下道："仙子何故将我拿来？"仙子道："你射死我门人，还推不知？"李靖道："箭在何处？"仙子取箭与他看。李靖看时,却是自己衔名之箭,大惊道:"此箭自黄帝传留至今,乃陈塘关镇关之宝,不许妄动。何人敢射到此处?待我回关查个明白,将射箭之人拿来,以分皂白,庶不冤枉无辜。如无射箭之人,则我死不瞑目。"仙子道:"既如此,我且放你回去。你若查不出来,现有箭在此,我便问在你的身上。"

李靖应了,回至总兵府。殷夫人见李靖凭空摄去,不知何故,正在惊慌之际,忽然见李靖回来,忙问道:"将军为何事凭空摄去,使妾身惊慌无地?"李靖顿足而叹曰:"我居官二十五载,谁知今日时运不济!关上敌楼中的弓箭,乃镇此关之宝。不知何人将此箭射去,把凌霄仙子的徒弟射死。箭上有我衔名。方才被他拿去,要我偿命。被我苦苦哀告,回来访是何人,拿去见他,方肯与我甘休。"李靖又道:"若论此弓箭,别人也不敢妄动,莫非又是李能?"夫人道:"这恐未必。难道龙王之事才罢,他又惹这是非?"李靖沉吟一会道:"你莫多言,待我试他一试。"叫左右侍儿唤公子来。不一时,李能来见,站在一旁。李靖道:"你师父既说你是一员大将,扶助明君,你闲着无事,如何不去习些弓马?将来也好应用。"李能道:"孩儿立志如此。方才在敌楼上,见有现成弓箭,是我射了一箭。只见一道红光,那一支好箭射不见了。"话犹未了,李靖气得大叫一声:"好逆子!你打死三太子事尚未完,今又惹这等无涯之祸!"夫人听了,在旁默默无言。李能不知其情，便问为何，又有什么事。李靖道："你方才一箭射死凌霄仙子的徒弟，仙子拿了我去，是我哀求，放我回来寻访放箭之人。原来是你！你自去见仙子回话。"李能笑道："父亲请息怒。仙子在哪里住？他的徒弟在何处？我怎样射死他？如何平地赖人，令人不服。"李靖说："凌霄仙子在西南角上平台山居住。你既射死他徒弟，你去见他。"李能道："父亲此言有理，同到什么平台山看个明白。若还不是，我打他个搅海翻江，我才回家。父亲请先行，孩儿随后便来。"须臾，二人到了平台山。李靖吩咐李能站在外边："待我进去禀明。"李能冷笑道："他在那里凭空赖我，看他如何发付。"

且言李靖进内，见了仙子。仙子问道："箭是何人所放？"李靖道："是逆子李能所放。不敢有违，已拿来在外，听候发落。"仙子命彩云童子出去，着他进来。李能见有一人出来，自想此间是他的巢穴，深恐一人孤掌难鸣，不如先下手为强，提起乾坤圈，一下打来。彩云童子不曾提防，夹颈一圈，啊呀一声跌倒在地，一命将危。仙子听得门外跌得人响，急来看时，彩云童子已被打伤在地。仙子道："好逆障，还敢行凶伤我徒弟！"仙子头戴鱼尾冠，手提太阿剑。李能收回圈，复一圈打来。仙子看了道："原来是乾坤圈。"轻轻用手接住。李能大惊，忙将混天绫展开来裹仙子。仙子大笑，把袍袖望上一扬，只见混天绫落在仙子袖里。仙子道：

"你再有何宝贝,拿几件出来,看我本事如何。"李能手无寸铁,只得转身就跑。仙子随后来赶李能。李能想师父必能与他解释,故往师父住处逃去。不一时,二人均到。他师父出来问明原委,便对李能道:"我从前如何吩咐与你?若再惹祸,二罪并罚。今日我不能助你,你且回关听凭上帝治罪。"李能怏怏回去,凌霄仙子亦自回山去了。

  到了次日,果然龙王与凌霄仙子都来了,要将李靖夫妇一并拿去。李能高叫道:"祸是我一人所闯,如何连累父母!我今剖腹挖肠,将身子还了父母,不累双亲,你们意下如何?"龙王等道:"如此也见得你的孝心,放了你父母也罢。"李能如言剖腹而死,那魂无所依,仍旧来见师父。师父说:"你野性不驯,故有此难。然而明君须人扶助,你身已死,如何出力?"命童儿到池中摘莲花二枝,将荷梗折成骨节,花瓣铺于面上,将一粒仙丹放在当中,把李能的魂往莲花上一推,喊道:"还不起来,等待何时?"只听一声响亮,跳起一个人,与生前无异。诸君你道奇也不奇?

四神祠

国韵小小说

四神祠

大唐中宗时代，皇太后武曌废中宗皇帝为庐陵王，安置在房州地方，自称为则天皇帝，改唐为周，杀害唐朝宗室。

却说当时黑龙村有兄弟二人：兄名薛蛟，生得面如敷粉，唇若涂朱，力能扛鼎；弟名薛葵，小他阿哥二岁，生得面如锅底，肤若烟熏，力举千钧，声似巨雷。兄弟两个终日舞枪弄棍，拈弓射箭。他母亲亦武艺高强，因他两个都是将门之子，不去禁止。且他父薛刚乃国家功勋薛仁贵之孙，亦是精通武艺，只因武氏篡唐，畏他功勋，将薛门全家百余口尽行杀害。薛刚避难逃出，路上遇着敌兵，父子失散，不知生死存亡。他母亲幸而逃出性命，带他两个来投黑龙村母舅丁一守家，居住多年。他母亲见他两个儿子长得这样英武，时时将前事始末细细说知。薛蛟、薛葵听了，不胜愤怒，必要与他祖宗报仇。寻父的心，也无时能忘。

一日，弟兄两个看见丁一守取出银两，叫家人去买童男童女二人，便问道："舅舅要买这童男童女何用？"丁一守道："你两个小小年纪，如何得知！因这黑龙村东有一座花豹山，山上有一座四神祠，内有四位神道：一名白龙大王，一名大头大王，一名银灵将军，一名乌显将军。这四位神道，十分神通，年年到本月十三日，须用童男童女两个，前去祭献。四位神道吃了，这一年本村便家家康泰，户户平安，田禾大熟，犬畜茂盛；如不将童男童女去祭他，便家家生病，户户起灾，田禾无收，六畜皆瘟。所以年年要去祭献。今年该是我值年。数日前合村齐交份子，共成此银，去买童男童女，到十三日好去祭献。"薛蛟道："舅舅，此神必非正神。若是正神，如何倒吃起人来？不用去买童男童女了，待我去捉这四个妖怪，除去大害，也免得伤两条性命。"薛葵道："哥哥此言正合我意。舅舅不必徒费这许多银子，我已有个主意。哥哥扮作童女，却一毫也看他不出；我面貌丑恶，充作童男。到十三日，并猪羊扛去花豹山四神祠祭四妖怪。哥哥捉两个，我捉两个，有何不可？"丁一守道："胡说！神道岂是儿戏的事！"吩咐家人速去买办。薛葵与薛蛟悄悄商议道："哥哥，且由他去买童男童女，我和你到十三日等他们上去祭献。我两个先上花豹山，到四神祠内躲着，不要被他们看见。待妖怪出来吃童男童女时，便下手拿住，显显我们手段。"薛蛟道："说得有理。不可泄露风声。"二人计议停当。

却说丁一守买了一对童男童女，预备猪羊三牲。到了十三日，本村人民都到丁家会齐，至夜便去祭献。薛蛟兄弟早早吃了夜饭，瞒着众人出了后门，径至花豹山四神祠。一看正中塑有四尊神像，凶恶异常，薛蛟道："我们且藏身供桌之下，看他们来上祭，妖怪出来吃人。不要让他走了才是。"

薛葵道:"是了。"二人揭开桌围,将身躲入供桌之下。黄昏时分,远远闻有人声上来。丁一守为首,命村中人等扛抬童男童女与猪羊入庙,供放桌上。丁一守与众人下拜道:"弟子丁一守等敬备童男童女一对、猪羊三牲,致祭于四大王神前。虔求神灵保佑家家户户平安,田禾茂盛,六畜兴旺。"薛蛟兄弟听了,暗暗笑个不住。众人拜过即去,不敢暂留。薛蛟、薛葵细听外边,只闻童男童女嘤嘤哭泣,就钻将出来,把童男童女解了捆缚。薛蛟道:"兄弟,我与你吃了这三牲好酒,也好长长胆力。"二人吃了。薛葵道:"哥哥,我和你立在这里,妖怪何敢现形?依旧躲在桌下,看妖怪来时,好大喝一声,吓死了这四个妖怪方妙。"薛蛟道:"有理。"便一齐钻入桌下。一更无事,二更悄然。到了三更,怪风从空而起,吹得满山树木乱摇。薛蛟、薛葵出来定睛一看,风过处,外边来了四个大王:一个头尖身细,丈二金身;一个身长三尺,头生两面,大如车轮;一个白面长毛,满身发亮;一个面黑如漆。一齐抢上殿来。你道这两兄弟,手无寸铁,明明送死,岂知事竟不然,转祸为福。

这四位大王却非妖怪,乃是四样物事成的精怪。但因物各有主,红粉当送佳人,宝刀终归烈士,当下四个精怪一见二人,认得是他主公,都现出原身,投伏地上。薛蛟左手提住白龙大王,右手擒定银灵将军;薛葵左手拿定大头大王,右手扯住乌显将军。一齐举脚乱踢,只觉有异。定睛看时，薛蛟左手提的白龙大王，却是一条银杆枪；右手擒的却是一只怪兽，头生一角，满身遍生鳞甲，名为白银獬豸，形同犀牛一般。薛葵左手拿的大头大王，却是两柄圆轮大的铁锤；右手扯的又是一只怪兽，头生二角，满身黑毛，名为乌麒麟。薛蛟兄弟既各得一件兵器，正是合用，又各得一匹怪兽，大好骑坐，互相称喜道贺。薛蛟道："如今没有四位大王，我与你推倒这庙吧！"薛葵道好，解下腰带，吊了两匹怪兽，牵出庙门，拴在树上，放下枪锤，回身入庙，把童男童女抱出庙门，放在一边。二人入庙，先把四个神像踢倒，把庙柱用力一扯，只听得响声震天，庙宇立时倾倒。薛葵笑道："前是四神祠，今叫扯坍庙了！"当下，弟兄两个分抱了童男童女，携了枪锤，一齐骑上怪兽下山。

却说他母亲早晨到书房，不见两个孩儿。问来问去，皆说不知。正在着急，忽见薛蛟、薛葵下骑进来，放下童男童女。他母亲忙问道："昨夜哪里去了？这枪锤怪兽哪里得来？"丁一守看见道："这童男童女是昨日祭献四大王的，你们从何拿来？"薛葵举起双锤笑道："舅舅，你认得么？这便是大头大王，哥哥手中枪便是白龙大王。银灵将军是他骑的怪兽，乌显将军是我骑的怪兽。四位大王都被我二人收服在此了。"丁一守道："岂有这等事，休得撒谎！"薛葵道："实不相瞒。"就把昨夜之事细细说明。丁一守与他母亲听了，且惊且喜。及至全村宣传，莫不人人称叹。且说薛蛟兄弟自得兵器之后,终日在庄上演习武艺。他母亲用心指导,练得精熟如神。

一日正在村中玩耍,听得往来之人纷纷传说,房州庐陵王长女安阳公主在房州教场中搭起一座彩楼,定于即月二十五日,公主登楼抛下绣球,接得者招为驸马。故此远近人等都往房州,热闹非常。薛葵有心要去,便约他哥哥回家求母亲应允。次日,弟兄两个别了他母亲,来到房州城,寻一个寓处住下。次日起来,看见街上人如蚁集,三三两两,都往教场去看彩楼抛球招亲。薛蛟道:"我们此来,原不是想做驸马,只因父亲那年失散,无处觅寻。现在有此盛会,特来寻访一遭。兄弟当此人千人万之中细心访察,见有黑面长须的,便要问他一个明白,切弗错过。"薛葵道:"有理。"匆忙吃了早膳,一路往教场而来。

一到教场门口,人多拥挤不开。薛蛟在前开路,薛葵随后跟来。直至彩楼下,把彩楼一看,高有三丈余,俱以彩缎扎成。又听箫管齐鸣,百音并奏。楼下官员进退,楼上安阳公主把斗大的五色彩球供在香案上。宫娥开了正窗,烧起一炉好香。公主倒身下拜,祝告神明。祝毕,再拜起身,捧了绣球,步至窗口。往下一看,见教场中许多人,不知谁是有缘的,把球向上一抛,那千万的人都仰面望着绣球。那球随风在空滚过东,人挤过东;滚过西,人亦挤过西,齐齐伸手要接绣球。薛蛟兄弟正在并立观望,呼的一声,球却落在他兄弟两人之间。同时两个伸手去拾，不意用力过猛，却各扯得半个。薛葵忙道："哥哥，要他半个何用！我这半个给哥哥合上，岂不成了美事？"薛蛟不受，亦要将他半个给他兄弟成事。二人正在推让之际，早有两个军官跨马前来卫护。询知此事，军官道："既是如此，我两个也做不得主。请你二位同我去见大王，凭大王定夺就是。"军官让马与他兄弟骑了，来到殿门。两个军官先去奏明庐陵王，王听了，即命召进二人。二人闻召走进。庐陵王举目一看，见一个生得面白唇红，仪容俊雅；一个生得黑脸黄发、粗眉大目、阔嘴短颈，却有猛将气概。便问道："你二人为何推让这般？速速定下，可与公主成亲。"薛蛟、薛葵仍是推让，只求大王做主。庐陵王看他两个诚心尚义，满心欢喜，忙道："你两个既各得半个绣球，自当都做驸马，但公主不可分的。孤今有个主意。孤有两个公主：长名安阳，年十五岁；次名端阳，年十三岁。如今将你兄弟都招驸马，安阳公主配薛蛟，端阳公主配薛葵。等你二人长成了，即便成亲。"薛蛟等二人喜出望外，叩谢王恩。

  庐陵王喜得两个佳婿，即日备酒款待。正在畅饮，忽一将前来，启奏庐陵王道："两辽王薛刚避诛逃往九焰山，点将招兵，反周兴唐，声言要辅大王中兴天下。"薛蛟、薛葵一听是他父亲的名字，有了下落，暗暗喜欢，却不敢说明。哪知庐陵王得了这个消息，正在着急，心中有了主意，便屏退左右人等，对薛蛟兄弟道："孤自被废至今，无日能安。今薛刚既已反周，则天皇帝必谋害我。今即遣你两人速去九焰山走一遭，一则打听虚实，一则令薛刚早来，接驾勤王。"二人喜不自胜，便跪下奏道："两辽王本臣等父亲，只因被难失散。今既奉命前去，分当竭力报国。"二人辞了庐陵王，便路来到黑龙村。他母亲正在记挂，见儿子回来，说知此事，他母亲大喜道："你两个既做了驸马，今去见你父亲，我亦保你前去。"急急治了行装，母子三人动身往九焰山而来。

却说武则天皇帝闻听薛刚造反，即封张天辉为先锋，与武三思提兵二十万来打九焰山。早有侦探报到九焰山。薛刚闻知大惊，随即会集军师徐美祖、众英雄吴奇、马赞、南建、北齐、郑宝商议。早见小兵上来报道，武三思令他先锋张天辉领兵一队在山下讨战。薛刚闻知，道："众将官哪一位下山拿此贼将？"吴奇道："末将愿往。"遂拿了两条金槊，飞身上马，领兵下山，厉声喝道："来将张天辉，快快归顺大唐！如说半个不字，叫你死在目下！"张天辉大怒，举棒就打。吴奇把双槊来迎。战了七八合，天辉回身便走，吴奇拍马赶来。张天辉背上九口飞刀，一见吴奇赶来，伸手扯出一口飞刀，回身砍来，正中吴奇坐马。那马乱跳，吴奇跌下地来。周兵一涌上前，挠钩搭住，用索捆缚，押回营中。天辉仍抵山索战。败兵飞报上山，薛刚吃了一惊。马赞大叫道："吴奇不过吃了虚惊，不致伤命。待我去报仇！"薛刚道："你去不得。"马赞道："我与吴奇誓同生死。如今吴奇在难，如我身受。大王若不容我去，我就自刎在此。"郑宝道："大王安心，我同他同去便了。"马赞提刀上马，郑宝带了弹弓，步行相随，一齐冲下山去。去不多时，郑宝飞报上山道："马赞不听我言，深入贼营，已被周兵活捉住了。我一人恐徒死无益，只得回马，且图报复。"南建、北齐二人商议道："天辉不过会用飞刀，只好伤一个，却敌不得两人。我们明朝悄悄下山，杀这厮报仇。"二人计议定了，暗去行事。

次日薛刚升帐，众将齐集，不见南建、北齐回营。正要命将大举助战，忽见守关军士飞报入营，说南北二位将军下山去周营讨战，被张天辉飞刀斩翻坐马，生擒去了。薛刚听了，急得怒发冲冠，叹道："连失四位猛将，如何是好！"喝声备马，亲自披挂下山。望见周营纷纷大乱，不知何处兵马在内攻杀，就乘势杀入。只见周营人仰马翻，伏尸不少。前面一员少年猛将赶来，薛刚挺枪便刺。那将举起两锤打来，正中薛刚枪杆。薛刚吃惊一看，见他生得丑恶，正与自己一般，暗想周营未曾见有此人，便立住喝道："来将且住！"那将道："你是何人？"薛刚道："我是两辽王薛刚，正要请问你是何人！"那将急急下马，大叫道："父王在上，恕孩儿冒犯之罪！孩儿名唤薛葵，母亲纪氏。闻说当年与父亲失散，带我哥哥避难黑龙村，于途中葵花树下产生了我，所以起了这个名字。"薛刚道："原来是我孩儿，快快起来！你母亲与你哥哥薛蛟何在？"薛葵道："孩儿与哥哥奉庐陵王之命来投父王，母亲一同三人到此。望见周营张天辉那厮先已杀来，被孩儿铁锤砸死。哥哥、母亲现在前面攻杀。"薛刚闻言大喜道："吾儿且随我来！"遂重新杀入，救出吴奇、马赞、南建、北齐。遇见纪氏、薛蛟，个个认了，大家悲喜交集，畅意往来攻杀。薛葵这两柄锤，撞着人，人翻；撞着马，马仰；撞着兵器，兵器无不摧折。薛蛟的白龙枪更加凶狠，远者枪挑，近者剑击。纪氏一口飞刀，刀光起处，人马并戮，打得周兵如扫蚊蝇，哪里抵挡得住。武三思知先锋阵亡，急得逃了，其余兵士个个投降。薛刚与纪氏、薛蛟、薛葵并众将官奏得胜鼓，凯旋九焰山本营，大排筵宴庆贺。

　　薛刚夫妇团叙，又见他两个儿子英雄盖世，贵为驸马，好不欢喜。薛蛟、薛葵既把庐陵王旨意禀明，即日提兵勤王。后来一家保庐陵王中兴，废斥武氏，功成耻雪，晋爵封王。当世人人争慕，何等荣耀！

阴阳钟

国韵小小说

阴阳钟

话说武曌自称为则天皇帝,改唐为周。唐朝功臣之后,兴起义师,以图光复,四方干戈大起。

那时江南六安山有个铁板道人,坐在水晶洞口。忽有一阵奇风吹到耳边,铁板道人把丝瓜似的头一伸,绿豆似的眼一睁,将他蒲扇似的手,抓住青果似的尾一嗅,叫声:"啊呀!"原来唐室功臣薛仁贵之孙薛刚在外招兵点将,造起反来,要想中兴唐朝天下。现已杀入潼关,去帝京长安不远。武则天命将将死,进兵兵败,正在挂榜招贤。"我何不打发徒弟骡头太子前去,使他母子相逢,保全周朝的天下,也好显我神通?"便起身入洞,叫道:"贤弟何在?"骡头太子方瞌睡未醒,好梦正酣,猛听他师父叫喊,睡眼蒙眬,忙上前道:"师父呼唤,有何吩咐?"铁板道人道:"贤弟,你可知你身从何来?"骡头太子道:"弟子从小跟随师父,至今多年,却忘了来历。"铁板道人道:"你母亲便是当今武则天皇帝。十六年前,你母产你,见你奇形怪相,故将你抛入金龙池里。那时我云游路过,救你出来。目今薛刚反周,已入潼关,你母在长安挂榜招贤。我今打发你到长安,揭了皇榜,与你母相逢。我炼有黑煞石飞刀在此,付你带去。倘与薛刚将士交战,胜得他便罢;若不能胜,发出这个宝贝,即能取胜。定要立得大功,方许回来。你今速速下山去吧。"骡头太子道:"弟子不知道路,如何到得长安?"铁板道人道:"这也不难。待传你一个土遁法,来去如飞,千里可以立至。"道人口中念念有词,把头一缩,尾尖一掉,倏忽不知去向。骡头太子正自诧异,听得呼的一声,见他师父已从空中落下,立在自己前面。当即学了口诀,摇身一试,不觉半身埋入泥中,进也不能,出亦不得,忙叫师父救命。道人掐个手诀救他出土,埋怨他道:"你这样性急,险些送了性命。"乃将脱身咒一并传授与他。

　　骡头太子拜别师父,驾起土遁,到了长安。果见皇榜张挂道旁,赶步上前揭取。校尉一见这骡头人身的揭榜,大惊,喝道:"你是人是鬼,敢揭皇榜。"骡头太子道:"你们快去奏明皇上,说十六年前入金龙池的骡头太子,蒙仙人救上名山,今日特来朝见母后,以退薛刚之兵。"校尉不敢违拗,火速入宫,将此言一一奏明。则天闻言,惊疑不定,暗想:"他既蒙仙人救去,或有大法破得薛刚,也未可知。"即下旨召入。骡头太子来至金阶,俯伏朝拜。则天看了他的面孔,与骡头无二,好生难看。叫声:"皇儿起来。当初产你下来,因你不像人形,抛入池中。哪知仙人救你,至今十六年,你已长得这般威武。不知仙人是谁,你有多大本领?"太子一一回奏明白。则天听了大喜,带骡头太子退朝入宫,吩咐赐宴。一面下旨封骡头太子为兵马大元帅,领兵二十万,前去霸林川剿灭薛刚。骡头太子领旨。次日,召了兵马,出离长安,至霸林川屯扎。

　　唐营中早有侦探报说武后差中宫太子前来决战。薛刚遣将官吴奇、马赞领兵到周营抵敌,骡头太子即拿起铁棍,大步出营。吴奇、马赞一见,吓了一跳。休说眼内不曾见,就是耳边也不曾闻有这样的人,分明是个鬼怪。喝道:"何来兽头人身的贼将!快快投降!"骡头太子怒道:"你这人面兽心的逆贼!看我铁棍!"说着抢棍打来。吴奇、马赞各举兵器相迎。战有五六合,骡头太子料定敌不住了,便回马而走。吴奇、马赞随后追赶。骡头太子伸手把腰边金筒盖一揭,叫一声"宝贝出来",吱吱两声响,两口黑刀飞起半空中,如两条黑线一般,落将下来。吴奇逃过右边,左肩已中了一刀;马赞返身就走,背后也受着一刀。两个勉强逃回。骡头太子回身追赶,看看二人逃得远了,把手往空一招,收了神刀,直到唐营讨战。吴奇、马赞到营中下了马,不能言语,仰后便倒,人事不省。薛刚忙问从兵:"二将在阵上如何情形?"军士遂把交战被伤情由说了一遍。薛刚惊讶不已,看二人伤处无血,只流黑水,皮肉皆变黑色,急取枪药敷治,亦无效验。

　　军士又报:"骡头太子在外骂战。"薛刚大怒,即命他自己儿子薛葵出营会战。薛葵年方十四,手提两柄神锤,有万夫不当之勇,曾经百战,总是马到功成。当下得令出营,一见了骡头太子,大笑道:"怪物,怪物!你莫非是骡马转世,来投人身？如今看你非骡非马，又不像人形，快快投降，我封你做个'三不像大将军'！"骡头太子闻言，气得两只怪眼突出，鼻内如风呐一般，抡起铁棍便打。薛葵把斗大锤打着铁棍，那骡头太子震得两臂皆麻，手上虎口尽裂。只见两耳直竖，骡口张开，足有一尺阔，叫声"啊呀"便走。薛葵紧紧追去，骡头太子又把金筒盖一揭，叫声"宝贝出来"，吱吱一声响，只见一口黑刀起在半空。薛葵抬头一看，见是一条黑线，笑道："这样东西，二将也受不起，真真没用。"把锤往上一架。见那刀反上空中，骡头太子即便再向筒中发出一刀。只见两刀前后落下，一刀被薛葵用锤拨了，一刀正中左臂，见骨而止。薛葵大叫一声，回马便走。骡头太子把手一招，收了宝刀。因手中震裂，收兵回营。薛葵回至军中，亦翻倒在地，人事不知，左臂流出黑水。急得薛刚三神暴跳，七窍生烟，众将看了个个伤心。任你百般医治，总是无效。军师徐美祖也是束手无策，便对薛刚道："主帅且休着急。尝闻古圣王求祷上天，必有报应，何不虔诚求祷？"薛刚依言，沐浴更衣，设立香案，祝告皇天道："薛刚辅庐陵王起义，中兴有日，求上天垂念，救全三人性命，降下异人，破彼飞刀，捉拿骡头太子，以报此仇。"拜祝毕了，纳闷在营。

且说西南方乌洞山梨山老母坐在翠云墩上，忽然心血来潮。驾起云头一望，见东方有人祷祝，心中早已明白，便命仙童去召他徒弟天摩女到来，吩咐速速下去，救助薛刚。

天摩女拜别老母，驾起云头，不多时来到霸林川，落在唐军营前。看见两个守门军士东张西望，便上前道："闻说贵营三位大将病在垂危，我却有药能医，可去报来。"军士入营报道："外面有个道婆，声言能医三位将军。"薛刚闻报，知他来历必异，不敢怠慢，吩咐大开营门，率众出迎。天摩女通了名号，入营见礼坐下，吩咐把三位病将抬来。取出三粒金丹，个个分开，将半粒抹入刀伤之处，水化半粒，灌入口中。只见伤口处接连流了许多黑水。三人立刻苏醒，大叫："骡头，你好厉害呀！"一齐起来，看见上边坐着一个老道姑。正待要问他，忽见薛刚在那道婆面前跪了叩谢并求道："天女既赐宏恩，乞并将骡头太子除了。"天摩女道："我正特来破这骡精。"主将起来，赶速预备兵马。

次日，天摩女带兵来到周营。骡头太子看见，大喝道："老婆娘，留下名来！"天摩女道："梨山老母徒弟天摩女便是我。"骡头太子那里晓得天摩女是何等人，竟不在他眼里。大吼一声，举棍打来。天摩女抡两口宝剑对敌，战有五六合。骡头太子回身便走，天摩女追上前去。骡头太子又把他宝贝取出打来。天摩女把两口宝剑往来抵挡，只见白光闪烁，全身如粉球一般，一点缝也不见。骡头太子的黑刀只是飞上飞下，却似两条黑线缠绕一堆白雪，一刀也斩不进。天摩女凑个空儿，把手掐了个诀，往上一指，两刀落地，再也不见飞上。骡头太子大惊，拿住金筒往上一散，七口黑刀尽行飞入空中。天摩女念念有词,把手一招,一连几个大霹雳,把七口刀一起打在地上。骠头太子惊慌失措,把手乱招,再也不能收回,气得回身举棍便打。天摩女笑道:"你的刀不能伤我。我教你看我的宝贝!"遂在手内拔出一剑,往空一抛。骠头太子叫声"不好",急借土遁走了。天摩女道:"今日他命运未绝。"忙收了宝贝,拍马回营。那骠头太子逃到营中,适大元帅武三思奉武则天之命,领兵十万,前来接应。闻得九口飞刀被破,大惊失色,遂叫太子道:"天摩女是梨山老母弟子,能呼风唤雨、腾空驾雾、驱神役鬼、移山倒海之法。今到此,非同小可。须设法除了此人,其余不足惧了。"骠头太子道:"我想天摩女法术甚高,非我师父不能破他。如今将大寨交与千岁看守,待我就去请我师父前来破他。"武三思允诺,骠头太子急用土遁,奔到六安山,收住遁光,入洞拜见铁板道人,说:"弟子奉命到了长安,相会皇母,封我为大元帅,统兵以拒薛刚。先前放出宝贝,伤了三个大将。不料来了一个什么梨山老母的徒弟,叫什么天摩女的一个老婆娘,好生厉害。我九口黑刀,尽被她破了,反放出宝剑来杀我。幸逃得性命,因此前来拜请师父下山去拿她,出这口气!"铁板道人闻言大怒,即同骠头太子出洞,用了遁光,来至霸林川落下。周军飞报入营,说太子请师父来了。武三思大喜,忙出迎接入帐。礼毕,大摆筵席款待。

次日一早,铁板道人仗剑出营,至唐军营前,大喝守营军士:"去叫天摩女出来会会贫道!"军士报入营中。天摩女闻言,对薛刚道:"必是骠头太子去请他师父乌龟精来了。待我出去拿他。"遂仗剑上马,冲出营来。抬头一看,果见一个阔背驼子,前后都穿铠甲。天摩女把手一招道:"你去顺助逆,天理不容,何苦自来讨死!可惜你多年修炼,反而误你性命。"铁板道人听了大怒,将蒲扇似的手往天摩女一指,喝声:"老婆娘!你知我的本来面目,我就放下脸皮,与你拼个死活!"把剑劈面砍来。天摩女抡起双剑相迎。战不数合,天摩女念动捆妖咒,捆住铁板道人。铁板道人骂道:"休念这咒,看我神通!"遂在地下缩头缩脚,骨落一滚,捆缚处处解脱,现出原形。一道黑光护住,伸颈开口,把那炼成毒气吹来。天摩女叫声"不好",在马背纵云飞上半空。往下看时,坐马被这口毒气吹成飞灰,只剩一堆马骨在地。铁板道人抬头,一口毒气吹上云霄,天摩女早已踏转云头走了。铁板道人道:"老婆娘,走了也罢。"收回了原形,再抵唐营讨战。天摩女至唐营前落下云来。薛刚迎入,问了明白。天摩女道:"如今他必又来讨战。且挂出免战牌,待我回山去借宝贝来降他。"

铁板道人前来,看见免战牌,便回周营而来。但望见周营人作鸟舞,马若龙翔,旗枪起处,早是武三思与骠头太子前来迎接,入营摆酒贺功。铁板道人说:"天摩女今已被我赶走。唐营各将多不足惧,但恐这婆娘不肯罢休,还来复仇。"武三思道："本帅当尽出大兵,乘他不备,前去偷营。定要杀得他七零八落！"铁板道人道："元帅主意虽是,但何必小题大做？待我今夜略施小术,叫他一营上下个个头痛眼突,不消三日,都做瞎子。那时整兵前去,不张一弓,不折一矢,可以垂手而定。"到了黄昏,铁板道人披发仗剑,步出营门,到唐军营前静地念动真言咒语,传到土地神。在身边拿出阴阳两旗,令土地暗入唐营,一插营东,一插营西。到了次日,唐营上自薛刚众将,下至步马小卒,个个头如刀劈,眼似针钻。到了竿头日出,不见有人走动。有那力弱的,勉强起身,只觉头晕眼蒙,东扶西倒,却如磕头虫似的。薛刚不得起身,卧在胡床。忽闻万人呐喊,四面楚歌,看见周兵一拥而入。薛刚跳下床来,只觉立足不住。周兵前来拥倒,捆缚得不能动弹。不多时,周兵将唐营小将斩首、大将捆住,车载马驮回营。其余唐兵,欲投降者,铁板道人给他金丹服了便好；有的哪里顾及投降,只是伏地喊苦。武三思匆忙收兵,要把薛刚众将解上长安献功。

　　且说天摩女到了西南乌洞山拜见梨山老母。老母见了,早知来意,便道："这乌龟精十分厉害。要收住他,必先去鸾凤山见了九天玄女娘娘,借他八卦阴阳钟方可。"天摩女拜别师父,见得九天玄女,求了阴阳钟。正在详溯前情,却听玄女说道："薛刚有难在身,你快去施救。"天摩女带了阴阳钟来到霸林川,知是阴阳旗作法,按下云头,念动真言。

本地土地神到来，天摩女喝道："好大胆的毛神！薛刚起义，唐王中兴，天与人归，你何敢如此助逆！快快把阴阳旗拔去！"土地神哪里敢违，急去拔了二旗。那唐营疮痍之余，只剩八百余人，正在僵卧待死，忽觉眼明头轻，如释千钧重负。大家起身商议，执兵器出营追赶周兵。周兵得意回营，料定唐营无人能来对敌，正是兴高采烈，一心要去得上赏、享安乐，哪知追兵到来，阵法大乱，只得反戈转帜，前来迎战。唐兵远望前途人马遍野，正有些胆寒，忽见祥云前降，一看是个道婆，多喜得天摩女重来。大家罗拜求救。天摩女道："众军士须听我号令，快去救援，迟便无及。"

那边周营列阵整队，却转出铁板道人，仗剑而来，正在舞手捣足，作弄妖法。忽见劈面来了一个道婆，一手挥动七星剑，一手托着一个钵头似的黑东西。铁板道人道："老婆娘，你既知我神通，何必前来送命！"天摩女不去分说，挥剑便砍。铁板道人亦抡剑相迎。战了三四合，天摩女念动捆妖咒，铁板道人觉着身子紧缩，好不自在，扑身在地一滚，现出原形。张口正要吹气，天摩女早把八卦阴阳钟一抛，只见照着乌龟身上扑下，盖于平地，安如覆盂，线缝都无。骡头太子见师父失利，拍马赶来，却被天摩女一剑砍翻，死在马下。周军兵众皆无斗志。武三思见事不利，带兵便走。天摩女一面命将追赶周兵，并速速夺回薛刚、薛葵众将，自己管住阴阳钟，令军士取几担烈炭，将钟四面架起烈火焚烧。

龟精忍耐不住,用力向上掀钟,觉得重若泰山,一丝不动,忙借土遁。哪知此宝所在,地土竟变如钢铁,再也遁不走,逼得龟精在内哀求。天摩女也不理会,不住地加炭扇火,竟把一个铁板乌龟煨成一堆灰烬。天摩女收了阴阳钟,踏云而去。薛刚等被救回营,重整旗鼓,杀入长安,唐室中兴。当时举国之人,皆诵梨山老母师徒及阴阳钟之功。

麟凤山

国韵小小说

麟凤山

话说唐武则天时代有一个商客,姓林,名芝洋,河北德州原平县人氏,寄居岭南,专在海外贩卖货物。有一妹嫁与岭南唐姓,妹丈名唐敖,是个秀才。一日,林芝洋又欲出洋,买了无数零星货物,收拾行李,正欲启行,忽其妹丈来访。见礼罢,唐敖云:"兄此番出洋,弟拟同往,领略海外的风景。"林芝洋道:"甚好。"于是两人离别家中人,到了海口,将货物搬运停当,上船,乘着顺风扬帆而去。走了许多时日,过了数国,这日到了白民国交界。迎面有一危峰,一派青光,甚觉可爱。唐敖想道:"如此峻岭,岂无名花?"于是询问舵工多九公是何名山。那舵工多九公久惯漂洋,凡山水异草奇鸟无所不知。因说道:"此岭总名麟凤山,自东至西,约长千余里,乃西海第一大岭。内中果木极盛,鸟兽极繁。但岭东要求一禽,不可得;东西要求一兽,也不可得。"唐敖道:"这是为何?"多九公道:"此山茂林深处,向有一麟一凤,麟在东山,凤在西山。所以东面五百里有兽无禽,西面五百里有禽无兽,倒像各守疆界的光景。因而东山名叫麒麟山,上面桂花甚多,又名丹桂岩;西山名叫凤凰山,上面梧桐甚多,又名碧梧岭。此事不知始于何时,相安已久。谁知东山旁有个小岭,名叫狻猊岭;西山旁亦有个小岭,名叫鹨䴗岭。狻猊岭上有一恶兽,其名就叫狻猊,常带许多怪兽来至东山骚扰;鹬鹣岭上有一恶鸟,其名就叫鹬鹣,常带许多怪鸟来至西山骚扰。"唐敖道:"东山有麒麟为兽长,西山有凤凰为禽长。难道狻猊也不畏麟,鹬鹣也不怕凤么?"多九公道:"当日老夫也甚疑惑。到后来因见古书,才知鹬鹣乃西方神鸟,狻猊亦可算得毛群之长,无怪要来抗衡了。大约略为骚扰,麟、凤也不同他计较;如干犯过甚,也就不免争斗。数年前,老夫从此经过,曾见凤凰与鹬鹣争斗,都是各发手下之鸟,或一个两个,彼此剥啄厮打,倒也爽目。后来又见麒麟将狻猊打得大败而归。"正谈论间,半空中倒像人喊马嘶,闹闹吵吵。连忙出舱仰望,只见无数大鸟,密密层层飞向山中去了。

唐敖道:"看这光景,莫非鹬鹣又来骚扰?我们何不前去望望?"多九公道:"如此甚好。"于是通知林芝洋把船摆在山脚下。三人带了器械,弃舟登岸。上了山坡,唐敖道:"今日之游,别的景致还在其次,第一凤凰不可不看。他既做了一山之主,自然另是一种气概。"多九公道:"唐兄要看凤凰,我们越过前面峰头,只拣梧桐多处而去。倘缘分凑巧,不过略走几步,就可遇见。"大家穿过岭去寻找梧桐,不知不觉走了数里。林芝洋道:"俺们今日见的都是小鸟,并无一只大鸟,不知何故。难道果真都去伺候凤凰么?"唐敖道:"今日所见各鸟,毛色或紫或碧,五彩灿烂,兼之各种娇啼,不啻笙簧,已足悦目娱耳。如此美景,也算难得极了。"忽听一阵鸟鸣之声,婉转嘹亮,甚觉爽耳。三人一闻此音,陡然精神清爽。

唐敖道:"诗言'鹤鸣于九皋,声闻于天',今听此声,真可上彻霄汉。"三人顺着声音望去,意必是鹤鹭之类。看了半晌,并无形影,只觉其音渐渐相近,较之鹤鸣,尤其洪亮。多九公道:"这又奇了。安有如此大声却不见形象之理?"唐敖道:"九公,你看那边有棵大树,旁围着许多飞蝇,上下盘旋。这个声音,好像树中发出的。"说话间,离树不远,其声更觉震耳。三人朝着树上望了一望,何尝有个禽鸟?林芝洋忽然把头抱住,乱跳起来,口中说道:"震死了!"他二人都吃一吓,问其所以。

林芝洋道:"俺正看大树,只觉有个苍蝇飞在耳边。俺用手将他按住,谁知他在耳边大喊一声,就是雷鸣一般,把俺震得头晕眼花。俺乘势把他捉在手内。"话未说完,那蝇又大喊大叫,鸣得更觉震耳。林芝洋把手乱摇道:"俺将你摇得发昏,看你可叫那蝇被摇。"旋即住声。唐、多二人随向那群飞蝇侧耳细听,那个大声果然是不啻若自其口出。

多九公道:"若非此鸟飞入林兄耳内,我们何能想到如此大声却出这群小鸟之口!老夫目力不佳,不能辨其颜色。林兄,那小鸟且取出看看,可是红嘴绿毛?如果状如鹦鹉,老夫就知其名了。"林芝洋道:"这个小鸟从未见过,俺要带回船去给众人见识见识。设或取出飞了,岂不可惜。"于是卷一个纸筒，对着手缝，轻轻将小鸟放了进去。唐敖起初见这小鸟，以为无非苍蝇蜜蜂之类，今日听多九公之话，轻轻过去一看，果然都是红嘴绿毛，状如鹦鹉，忙走回道："他的形状，小弟才去细看，果真不错。请教何名？"多九公道："此鸟名叫细鸟。元封五年，勤毕国曾用玉笼以数百进贡，形如大蝇，状如鹦鹉，声闻数里。国人常以此鸟候日，又名候日虫。哪知如此小鸟，其声竟如洪钟，倒也罕见。"

林芝洋道："妹夫要看凤凰，走来走去，遍山并无一只。如今细鸟飞散，静悄悄连声也不闻。这里只有树木，没什么好玩，俺们另向别处去吧。"多九公道："此刻忽然鸦雀无声，却也可怪。"只见有个牧童，身穿白衣，手拿器械，从路旁走来。唐敖上前拱手道："请问小哥，此处是何地名？"小童道："此地叫作碧梧岭，岭旁就是丹桂岩，乃白民国所属。过了此岭，野兽最多，往往出来伤人。三位客人须要仔细。"说罢去了。多九公道："此处既名碧梧岭，大约梧桐必多。或者凤凰在这岭上，也未可知。我们且把对面高峰越过，看是如何。"不多时越过高峰，只见西边山头无数梧桐，林中立着一只凤凰。毛分五彩，赤若丹霞，身高六尺，尾长丈余，蛇颈鸡喙，一身花纹。两旁密密层层列着无数奇禽，或身高一丈，或身高八尺，青、黄、赤、白、黑，各种颜色，不胜枚举。对面东边山头桂树林中也有一个大鸟，浑身碧绿，长颈鼠足，身高六尺，其形如雁。两旁围着许多怪鸟，也有三首六足的，也有四翼双尾的,奇形怪状,不一而足。

多九公道:"东边这只绿鸟就是鹲鹧,大约今日又来骚扰,所以凤凰带着众鸟把去路拦住。看来又要争斗了。"忽听鹲鹧连叫两声,身旁飞出一鸟,其状如凤,尾长丈余,毛分五彩,蹿至丹桂岩,抖擞翎毛,舒翅展尾,上下飞舞,如同一片锦绣。恰好旁边有块云母石,就如一面大镜,照得那个影儿五彩相映,分外鲜明。林芝洋道:"这鸟倒像凤凰,就只身材短小,莫非母凤凰么?"多九公道:"此鸟名山鸡,最爱其毛。每每照水顾影,眼花坠水而死。古人因他有凤之色,无凤之德,呼作哑凤。大约鹲鹧以为彼具如此彩色,可压倒凤凰手下众鸟,因此令他出来,当场卖弄。"忽又见西林飞出一只孔雀,走到碧梧岭,展开七尺长尾,舒张两翅,朝着丹桂岩盼睐起舞。不独金翠夺目,并且那个长尾排出许多围纹,陡然或红或黄,变出无穷颜色,宛如锦屏一般。山鸡起初也还勉强飞舞,后来因见孔雀这条长尾变出五颜六色,华彩夺目,金碧辉煌,未免自惭形秽。鸣了两声,朝着云母石一头撞去,竟自身亡。

唐敖道:"只只山鸡,因毛比不上孔雀,所以羞愤轻生。以禽兽之微,尚有如此血性,何以世人明知己不如人,反觍颜无愧?殊不可解。"林芝洋道:"世人都像山鸡这般烈性,哪里死得许多。据俺看来,只好把脸一老,也就混过去了。"孔雀得胜,退回本林。东林又飞出一鸟,一身苍毛,尖嘴黄足。跳至山坡,口中叽叽喳喳,鸣出各种声音。此鸟鸣未数声,西林也飞出一只五彩鸟,尖嘴短尾。走出山冈,屏翅摇翎,口中鸣得娇娇滴滴、悠扬婉转,甚觉可爱。唐敖道:"小弟闻得鸣鸟毛分五彩,有百乐歌舞之风,大约就是此类了。那苍鸟不知何名?"

多九公道:"此即反舌,一名百舌。'月令仲夏,反舌无声',就是此鸟。"林芝洋道:"如今正是仲夏,这个反舌与众不同,他不按月令,只管乱叫了。"忽听东林无数鸟鸣,从中蹿出一只怪鸟:其形如鹅,高二丈,翼广丈余,九条长尾,十颈环簇,只得九头。蹿至山冈,鼓翼时,九头齐鸣。多九公道:"原来九头鸟出来了。"

多九公指着九头鸟道:"此鸟古人谓之鸧鸹,一身逆毛,甚是凶恶。不知凤凰手下哪个出来招架。"登时西林飞出一只小鸟,白颈红嘴,一身青翠。走至山冈,望着九头鸟鸣了几声,宛如犬吠。九头鸟一闻此声,早已抱头鼠窜,腾空而去。此鸟退入西林。林芝洋道:"这鸟为什么不是禽鸣?他作狗叫?俺看他油嘴滑舌,南腔北调,到底算个什么?可笑只九头鸟,枉自又高又大,听得一声狗叫,他就跑了。原来小鸟这等厉害!"

又见鹣鹣林内蹿出一只鸵鸟,身高八尺,状似橐驼,其色苍黑,翅广一丈余。两只驼蹄,奔至山岗,吼叫几声。西林也飞出一鸟,赤眼红嘴,一身白毛,毛长丈二,身高四尺,尾上有勺,其大如斗。走至山冈,与鸵鸟斗在一处。

林芝洋道:"这尾上有勺的,倒甚异样。"唐敖道:"怪不得古人言'鸵鸟之卵,其大如瓮',原来其形竟有如此之大!这尾上有勺的,他比鸵鸟,一个身高八尺,一个身高四尺,大小悬殊,何能争斗?岂非自讨苦处!"多九公道:"此鸟名叫鹦勺。他既敢与鸵鸟相斗,自然也就非凡。"鹦勺斗未数合,竖起长尾,一连几勺,打得鸵鸟前蹄后跳,声如牛吼。

东林又跳出一只秃鹙,身高八尺,长颈青身,头秃无毛,蹿至山冈。林芝洋道:"忽然闹出和尚来了!"西边林内也飞出一鸟,浑身碧绿,一条猪尾,长有丈六,身高四尺,一只长足。跳跃而出,蹿至山冈,抡起猪尾,如皮鞭一般,对着秃鹙一连几尾,把个秃头打得鲜血淋漓,吼叫连声。林芝洋道:"这个和尚今日吃亏了。怪不得人家不肯削发,原来他怕秃头吃苦。"多九公道:"原来跂踵鸟出来争斗,他这猪尾,随你如何勇鸟也敌他不过。看来鹣鹣又要大败了。"那边百舌鸟早已飞回东林。秃鹙被打不过,腾空而去。鸵鸟两翅受伤,逃回本林。鹣鹣大叫几声,带着无数怪鸟奔至山冈。西林也有许多大鸟飞出,登时斗成一团。那鹦勺抡起大勺,跂踵舞起猪尾,一起一落,打得落花流水。正在难解难分,忽听东边山上犹如千军万马之声,尘土飞空,山摇地动,密密层层,不知一群什么东西狂奔而来。登时众鸟飞腾,凤凰、鹣鹣也都逃窜。三人听了,忙躲入桐林深密之处粗细偷看。

原来是群野兽从东奔来。为首其状如虎,一身青毛,钩爪锯牙,弭耳昂鼻,目光如电,声吼如雷,一条长尾,尾上茸毛,其大如斗。走至凤凰所栖林内,吼了两声,带着许多怪兽,浑身血迹,蹿了进去。随后一群怪兽赶来,也是血迹淋漓,走至鹓鶵所栖林内,也都蹿入。为首一兽浑身青黄,其体似鹿,其尾似牛,其足似马,头生一角。

唐敖道:"请教九公,这个独角兽自然是麒麟,西边那个青兽可是狻猊?"多九公道:"西边却是狻猊。大约又来骚扰,所以麒麟带着众兽赶来。"只见狻猊喘息片时,将身立起,口中叫了两声。旁边蹿出一只野猪,扇着两耳,一步三摇,倒像奉令一般走到跟前,将头伸出,送到狻猊口边。狻猊嗅了一嗅,吼了一声,把嘴一张,咬下猪头,随将野猪吃入腹中。林芝洋道:"这个野猪,据俺看来,生得甚觉悭吝,哪肯真心请客!他的意思,不过虚让一让,哪知狻猊并不推辞,竟自啖了。原来狻猊腹饥,大约吃饱就要争斗了。"正在指手画脚谈论狻猊,不意手中那个细鸟忽又鸣声震耳。连忙用手乱摇,哪肯住声。狻猊听了,把头扬起,顺着声音望了一望。只听大吼一声,带着许多怪兽一齐奔来。三人吓得拼命奔逃。

多九公道:"林兄还不放枪救命,更待何时?"林芝洋跑得气喘,弃了细鸟,迎着众兽,放了一枪。虽然打倒两个,无奈众兽密密层层,毫不畏惧,仍旧奔来。多九公道:"我的林兄,难道放不得二枪么?"林芝洋战战兢兢又放了一枪,倒像火上浇油,众兽更都如飞而至。林芝洋不觉放声大哭道:"只顾要看撕斗,哪知狻猊腹饥,要吃俺肉,以人当饭。俺闻秀才最酸,狻猊如怕酸物,倒是九公同妹夫还可躲这灾难,就只苦杀俺了!顷刻就到跟前,只要把口一张,就吞到腹中……这狻猊肚腹,不知可有肚肠没有?但愿吞了,随即通过,俺还有命;若不通过,存在里面,就要闷杀俺了!"

唐敖正朝前奔,只觉身后鸣声震耳。回头一看,狻猊相离不远,竟向身后扑来。不由手慌脚乱,无计可施,说声"不好",一时着急,将身一纵,就如飞舞一般蹿在空中。众兽都向多、林二人扑去,二人唯有叫苦,左右乱跑。忽听山岗上呼啦啦如雷鸣一般响了一响,一道黑烟比箭还急,直奔狻猊。狻猊将身纵起,方才躲过。转眼间,又是一声响亮,狻猊躲避不及,登时打落。山上众兽撇了多、林二人,都来围护狻猊。只听呼啦啦呼啦啦,响亮连声,黑烟乱冒,尘土飞空,满山响声不绝,四面烟雾弥漫。那个响声如雨点一般滚将出来,把些怪兽打得尸横遍野,四处奔逃,霎时无踪。麒麟带着众兽也都窜逃。唐敖落下,林芝洋跑来道:"妹夫当日吃了蹑空草,蹑得高高的,有处躲避,竟把俺们撇了!幸亏枪神救命,若不遇着枪神,只怕俺同九公久已变成狻猊的浊气了。"

唐敖道:"当日小弟在口山,手捧石牌还能蹿空;今日若将二位驮在肩上,大约也可蹿高。无奈相离过远,狻猊紧跟身后,哪里还敢迟延?舅兄只顾要将细鸟带回船去,刚才被他这阵乱叫以致众兽闻风而至,几乎性命不保。"多九公也走来道:"这阵连珠枪好不厉害。若非打倒狻猊,众兽岂能散去?此时烟雾渐散,我们前去找那放枪之人,以便拜谢。"只见山岗走下一个猎户,身穿青布箭衣,肩上担着鸟枪,生得眉清目秀、齿白唇红,年纪不过十四五岁。虽是猎户打扮,举止甚觉秀雅。三人忙上前下拜道:"多谢壮士救命之恩。请教尊姓,贵乡何处?"

那猎户还礼道:"小子姓魏,天朝人氏。因避难寄居于此。"唐敖道:"当日中原有位魏思温惯用连球枪,天下驰名。壮士可是一家?"猎户道:"即是先父。老丈何以得知?"唐敖大喜道:"原来壮士是我盟兄之子,不意在此相会。"当时告知名姓。猎户忙下拜道:"原来却是唐叔叔到此,侄女不知,万望恕罪。"唐敖还礼道:"贤侄请起。为何自称侄女?"猎户道:"侄女名唤紫樱,因叔父遇难,父亲携侄女逃避海外。去岁父亲亡去,侄女只得打猎,借以养母。"唐敖等叹服异常,即将其母女二人接同回船,以备同返天朝云。

君子国

国韵小小说

君子国

话说武则天时代,岭南地方有一个秀才,姓唐,名敖,字以亭。因则天无道,不愿出仕,在家闲住。有个妻舅姓林,名芝洋,乃河北德州平原县人,寄居岭南,向做海船生意。一日,唐敖无事,走至林芝洋处闲谈,见林芝洋又在收拾行装。唐敖道:"舅兄莫非又要出海了?"林芝洋道:"拟贩些零星货物到外洋,碰碰财运。"唐敖道:"小弟在家内忧闷多病,正要想到外洋,看看海岛山水之胜。万望携带携带。"林芝洋道:"恐妹丈不能受海上风浪。"唐敖道:"既欲出洋游历,风浪何足为奇?"林芝洋道:"你既立意如此,我也不敢拦阻。"唐敖遂即回家收拾行装。

次日,大家动身,另坐小船到了海口。众水手把货发上海船,乘着顺风扬帆而去。走了多日,过了数处,这日到了君子国,将船泊岸。林芝洋上去卖货。唐敖因素闻君子国好让不争,想来必是礼乐之邦,所以约了船上舵工多九公上岸去瞻仰。走了数里,离城不远,只见城门上写着"唯善为宝"四个大字。随即进城,只见人烟辏集,做买做卖,接连不断,衣冠言谈都与中原一样。唐敖见言语可通,因向一位老翁问其所以好让不争之故,谁知老翁听了,一毫不懂。又问国以君子为名是何缘故,老翁也回不知。一连问了几个,都是如此。多九公道:"据老夫看来,他这国名以及'好让不争'四字,大约都是邻邦替他取的,所以他们都回不知。刚才我们一路看来,那些耕者让畔、行者让路光景,已是不争之意,而且士庶人等,无论富贵贫贱,举止言谈莫不恭而有礼,也不愧'君子'二字。"唐敖道:"话虽如此,仍须慢慢观玩,方能得其详细。"

说话间来到闹市,只见有一隶卒在那里买物,手中拿着货物道:"老兄如此高货,却订如此贱价,教小弟买物如何能安?务求将价加增,方好遵教。若再过让,那是有意不肯赏光交易了。"唐敖听了,因暗暗说道:"九公,凡买物只有卖者讨价、买者还价;今卖者虽讨过价,那买者并不还价,却要添价。此等言谈,倒也罕闻!据此看来,那'好让不争'四字,竟有几分意思了。"只听卖货人答道:"既承照顾,敢不仰体。但适才妄讨大价,已觉厚颜,不意老兄反说货高价贱,岂不更教小弟惭愧!况敝货并非言无二价,其中颇有虚头。俗云:'漫天讨价,就地还钱。'今老兄不但不减,反要加增,如此克己,只好请到别家交易,小弟实难遵命。"

唐敖道:"'漫天讨价,就地还钱'原是买物之人向来俗谈,至'并非言无二价,其中颇有虚头',亦是买者之话。不意今皆出于卖者之口,倒也有趣。"只听隶卒又说道:"老兄以高货讨贱价,反说小弟克己,岂不失了忠恕之道?凡事总要彼此无欺,方为公允。试问何人腹中无算盘,小弟又安能受人之愚哩!"谈之许久,卖货人执意不增,隶卒赌气,照数付价,拿了一半货物。刚要举步,卖货人哪里肯依,只说价多货少,拦住不放。路旁走过两个老翁,作好作歹,从公订定,令隶卒照价拿了八折货物,这才交易而去。唐、多二人不觉暗暗点头。

走未数步,市中有个小军,也在那里买物。小军道:"刚才请教贵价若干,老兄执意吝教,命我酌量付给;及至遵命付价,老兄又怪过多。其实小弟所付,已有折扣,若说过多,不独太偏,竟是违心之论了。"卖货人道:"小弟不敢言价,听兄自付。因敝货既欠新鲜,而且平常,不如别家之美。若论价值,只照老兄所付减半,已属过分,何敢谬领大价?"唐敖道:"'货色平常'原是买者之话,付价折扣本系卖者之话,哪知此处却句句相反,另是一种风气。"只听小军又道:"老兄说哪里话来!小弟于买卖虽系外行,至货之好丑,安有不知?以丑为好,亦愚不至此。但以高货只取半价,不但欺人过甚,亦失公平交易之道了。"

卖货人道:"老兄如真心照顾,只照前价减半,最为公平。若说价少,小弟也不敢辨,唯有请向别处再把价钱谈谈,才知我家并非相欺。"小军说之至再,见他执意不卖,只得照前减半付价,将货略略选择,拿了就走。卖货人忙拦住道:"老兄为何只将下等货物选去?难道留下好的给小弟自用吗?我看老兄如此交易,就是走遍天下,也难交易成功的!"小军发急道:"小弟因老兄定要减价,只得委曲从命,略将次等货物拿去,于心庶可稍安。不意老兄又要责备!且小弟所买之物,必须次等,方能合用;至于上等,虽承美意,其实倒不适用了。"卖货人道:"老兄既要低货方能合用,这也不妨。但低货自有低价,何能付大价而买丑货?"小军听了,也不答言,拿了货物,只管要走。那过路人看见,说小军欺人不公。小军难违众论,只得将上等下等货物各携一半而去。

唐、多二人看罢,又朝前进。只见那边有一个农人买物,原来物已买妥,将银付过,携了货物要去。那卖的接过银子仔细一看,用戥子称了一称,连忙上前道:"老兄慢走,银子都错了。此地向来买卖都是大市中等银色,今老兄既将上等银子付我,自应将色扣去。刚才小弟称了一称,不但银水未扣,而且戥头过高。此等平色小事,老兄有余之家,原不在此,但小弟受之无因,请照例扣去。"农人道:"些许银色小事,何必锱铢较量!既有多余,容小弟他日奉买宝货,再来扣除,也是一样。"说罢又要走了。卖货人拦住道:"这如何使得?去岁有位老兄照应小弟,也将多余银子存在我处,曾言后来买物再算,谁知至今不见。各处寻他,无从归还,岂非欠了来生债么!今老兄又要如此,倘一去不来,到了来生,小弟变驴变马,归还那位小兄,业已够忙了,哪里还有工夫再还老兄?岂非下一世又要变驴变马,归还老兄?据小弟愚见,与其日后买物再算,何不当日算清?况多余若干,日子久后,反恐难记。"彼此推让许久,农人只得将货拿了两样,作抵此银而去。卖货人仍口口声声只说银多货少,过于偏枯,奈农人业已去远,无可如何。忽见有个乞丐走过,卖货人自言自语道:"这个花子,只怕就是讨人便宜的后身,所以今生有这报应。"一面说着,即将多余平色用戥称出,尽付乞丐而去。

唐敖道:"如此看来,这几个交易光景岂非"好让不争",一幅《行乐图》吗?我们还探听什么,且到前面各处领略领略风景,广广见识,也是好的。"只见路旁走过两个老者,都是鹤发童颜,春风满面,举止大雅。唐敖看罢,知非下等之人,忙侍立一旁。四人登时拱手见礼,问了名姓。

原来这两个老者都是姓吴,乃同胞兄弟,一名吴之和,一名吴之祥。唐敖道:"不意二位老丈都是泰伯之后,失敬失敬。"吴之和请教二位贵乡何处,来此有何贵干。多九公将乡贯、来意说了。吴之祥躬身道:"原来贵邦天朝。小子向闻天朝乃圣人之国,二位大贤,荣列胶庠,为天朝清贵。今得幸遇,尤其难得。弟不知驾到,有失迎迓,尚求海涵。"唐、多二人连说岂敢,吴之和道:"二位大贤由天朝至此,小子谊属地主,意欲略展杯茗之敬,少叙片时,不知可肯枉驾?如蒙赏光,寒舍就在咫尺,敢劳玉趾一行。"

二人听了,甚觉欣然,于是随着吴氏兄弟一路行来。不多时,到了门前,只见两扇柴扉,周围篱墙,上面盘着许多青藤、薜荔，门前一道池塘，塘内俱是菱角、莲蓬。进了柴扉，让至一间厂厅，四人重复行礼、让坐。厅中悬着国王赐的小额，写着"渭川别墅"。再向厅外一看，四面都是翠竹，把这厂厅团团围住，甚觉清雅。

小童献茶后，唐敖问起吴氏昆仲事业，原来却是闲散进士。多九公忖道："他两个既非公卿大宦，为何国王却替他题额？看此人，也就不凡了。"唐敖道："小弟才同敝友瞻仰贵处风景，果然名不虚传，真不愧'君子'二字。"吴之和躬身道："敝乡僻处海隅，略有知识，莫非天朝文章教化所致。得能不致陨越，已属草野之幸，何敢遽当'君子'二字！至于天朝，乃圣人之邦，自古圣贤相传，礼乐教化，久为八荒景仰，无须小子再为称颂。但贵处向有数事，愚弟兄草野固陋，似多未解。今日难得二位大贤到此，意欲请示，不知可肯赐教？"

唐敖道："老丈所问，还是国家之事，还是我们世俗之事？"吴之和道："如今天朝圣人在位，政治纯美，中外久被其泽，所谓'巍巍荡荡，唯天为大'，唯天朝则之。国家之事，小子僻处海滨，毫无知识，不唯不敢言，亦无可言。今日所问，却是世俗之事。"唐敖道："既如此，请道其详。倘有所知，无不尽言。"吴之和听罢，随即说道："闻贵处宴客，每珍馐罗列，穷极奢华。桌椅既设，宾主就位之初，除果品、冷菜十余种外，酒过一二巡，则上小盘小碗，其名南唤小吃，北唤热炒,少者或四或八,多者十余种至二十余种不等,或上点心一二道。小吃上完,方及正肴。菜既奇丰,碗亦奇大,或八九种至十余种不等。主人虽如此盛设,其实小吃未完,而客已饱。此后所上的,不过虚设,如同供奉而已。更可怪者,其肴不辨味之好丑,唯以价贵的为尊。因燕窝价贵,一肴可抵十肴之费,故宴会必有此物者,既不恶其形似粉条,亦不厌其味同嚼蜡。及至食毕,客人只算吃一碗粉条子,又算喝了半碗鸡汤,而主人只觉客人满嘴吃的都是元丝锞,岂不可笑?至主人待客,偶以盛馔一二品略为多费,亦所不免;然唯美味则可,若主人花钱而客人嚼蜡,这等浪费,未免令人不解。敝地此物甚多,且其价极贱。贫者以此代粮,不知可以为菜,向来市中交易,每谷一升,可换燕窝一担。庶民因其淡而无味,不及米谷之香,故吃者甚少;唯贫家每多囤积,以备荒年。不意贵处尊为众肴之首,可见口之于味,竟有不同嗜者。孟子云:'鱼我所欲,熊掌亦我所欲。'鱼则取其味鲜,熊掌取其肥美。今贵处以燕窝为美,不知何所取义?若取其味淡,如同嚼蜡;如取其滋补,宴会非滋补之时,况荤腥满腹,些许燕窝,岂能补人?如谓希图好看,可以夸富,这总怪世人眼界过浅,把他过于尊重,以致相沿,竟为众肴之首,而并有主人亲上此菜者。此在贵处,固为敬客之道;若在敝地观之,竟是捧了一碗粉条子上来,岂不大为可笑!幸而贵处倭瓜甚贱,倘竟贵于诸菜,自必以他为首。到了宴会,主人恭恭敬敬捧碗倭瓜上来,能不令人喷饭?若不论菜之好丑,亦不辨其有味无味,竟取价贵的为尊,久而久之,一经宴会,无可卖弄,势必煎炒珍珠,烹调美玉,或煮黄金,或喂白银,以为首菜了。当日天朝上大夫曾作《五簋论》一篇,戒世俗宴会,不可过奢,菜以五样为度,故曰五簋。其中所言,不丰不俭,酌乎其中,可为千古定论,后世最宜效法。敝处至今敬谨遵守,无如流传不广。倘惜福君子将《五簋论》刊刻流传,并于乡党中不时劝谕,宴会不致奢华,居家饮食自亦节俭。一归纯朴,何患家室不能充足?此语虽近迂拙,不合时宜,后之君子,岂无采取?"

吴之祥道:"小子向闻贵地世俗最尚奢华,即如嫁娶殡葬、饮食衣服,以及居家用度,莫不失之过侈。此在富贵家,不知惜福,妄自浪费,已属造孽;何况无力小民,只图目前适意,不顾日后饥寒。倘惜福君子于乡党中不时开导,毋得奢华,各留余地,所谓'常将有日思无日,莫待无时思有时',如此剀切劝谕,奢侈之风,自可渐息。一归俭朴,何患家无盖藏?即偶遇饥年,亦可无虞。况世道俭朴,愚民稍易糊口,即不致流为奸匪;奸匪既少,盗风不禁自息;盗风既息,天下自更太平。可见'俭朴'二字,所关也非细事。"

正说得高兴,有一老仆,慌慌张张进来禀道:"二位相爷,适才官吏来报,国主因各处国王约赴轩辕祝寿,有军国大事,面与二位相爷相商,少刻就来。"

多九公听了，暗暗忖道："我们家乡，每每有人会客，因客坐久不走，又不好催他动身，只好暗向仆人丢个眼色。仆人会意，登时就来回话，不是某大佬即刻来拜，就是某大佬立等说话。如此一说，客自然动身。谁知此处也有这个风气，并且还以国王吓人！即或就是国王，又待如何？未免可笑。"因同唐敖打躬告别。吴氏弟兄忙还礼道："蒙二位大贤光临，不意国主就临敝宅，不能屈留大驾，殊觉抱歉。倘大贤尚有耽搁，愚弟兄俟送过国王，再至宝舟奉拜。"

唐、多二人匆匆告别，离了吴氏相府。只见外面洒道清尘，那些庶民都远远回避。二人看了，这才明白果是实情，于是回归旧路。多九公道："老夫看那吴氏弟兄举止大雅，气宇轩昂，以为若非高人，必是隐士。及至见了国王那块匾额，老夫就觉疑惑：这二人不过是个进士，何能就得国王替他题额？哪知却是二位相辅。如此谦恭和蔼，可谓脱尽仕途习气。若令器小易盈、妄自尊大的那些骄傲俗吏看见，真要愧死。"

唐敖道："听了那番议论，却也不愧'君子'二字。"不多时回到船上，林芝洋业已回来，大家谈起货物之事。原来此地连年商贩甚多，各色货物无不充足，一切价钱均不得利。正要开船，吴氏弟兄差家人拿着名帖来见。帖上写的是"点心果品并赏众水手倭瓜十担、燕窝十担"，名帖写着"同学教弟吴之和、吴之祥顿首拜"。唐敖同多九公商量把礼收了。

因吴氏兄弟位尊,回帖上写的是"天朝后学教弟唐某、多某顿首拜"。来人刚去,吴之和随即来拜。

唐敖与多九公将吴之和让至船上,见礼让座。唐、多二人再三道谢,吴之和道:"舍弟因国主现在敝宅,不能过来奉候。小弟适将二位光临之话奏明,国主闻天朝大贤到此,特命前来奉拜。小弟理应恭候解缆,因要伺候国主,只得暂且失陪。倘宝舟尚缓开行,容日再来领教。"即匆匆去了。

众水手把倭瓜、燕窝搬到后艄。到晚吃饭,煮了许多倭瓜燕窝汤,都欢喜道:"我们向日只听人说燕窝贵重,却未吃过。今日倭瓜叨了燕窝的光,口味自然另有不同。连日辛辛苦苦,开开胃口,也是好的。"彼此用着,都把燕窝夹一整瓢放着嘴里,嚼了一嚼,不觉皱眉道:"好奇怪,为何这样好的东西到了我们嘴里,把味都走了?"内中有几个咂嘴道:"这明明是粉条子,如何把他混充燕窝?我们被他骗了!"及至把饭吃完,倭瓜早已干干净净,还剩许多燕窝。林芝洋闻知,暗暗欢喜,即托多九公照粉条子价钱给了几贯钱,一齐向众人买了收在舱里,说道:"怪不得连日喜鹊只朝我叫,原来却是这般财运。"这才开船离了君子国,又往别处去了。

天门阵

国韵小小说

天门阵

话说宋朝真宗祥符四年,蓬莱山有两个仙人,一名钟离权,一名吕洞宾,是师徒二人。一日适同在山洞外仰观天象,忽见南北起了一道黑气,上冲霄汉,知是南朝龙祖与北番龙母相斗。钟离曰:"吾以气数推之,尚有二年杀运未除。"洞宾问曰:"师父既知,是龙母战胜,还是龙祖战胜?"钟离曰:"龙母逆妖之类应霸北番,龙祖应运而生,当做万民之主。今龙母扰乱不已,不久当为龙祖所灭。"言罢,径入洞中去了。洞宾见钟离已去,自思师父言龙祖为能,我今却要亲降凡间,扶助龙母,究竟谁胜。因见碧萝山有万年桩木,已成精怪,可先令他脱身降世,即着仙童唤桩木精来到。洞宾曰:"吾付汝三卷六甲兵书。上卷天文隐秘,中卷变化藏机,汝不必学;唯下卷所载阴文迷魂妖遁之事,汝学之,可以扶助北番,战胜南朝。方今北番出榜招募英雄,汝先去揭榜应募,我当随后即来,与汝扶北灭南,共成功业。"桩精领命,拜辞而去。

一日桩精走到北番,径入幽州城来,揭取榜文。众视之,其人铁面金睛,身长一丈有余,两臂筋肉突起,状极奇异。守军以其揭了榜文,引进朝中,见北番女主萧后。萧后大惊,因问壮士何处人氏。桩精答曰:"小可祖居碧萝山,姓桩名岩。"萧后曰:"汝有甚武艺?"岩曰:"兵书战策,一十八般武艺,无所不通。"萧后大悦,因与文武商议,权封为团营都总使,俟有功再升。桩岩谢恩而退。

却说宋真宗以北番屡次寇边,因命光州节度使王全节为南北招讨使,李明为副使,率兵五万征辽。又敕澶州一路、雄州一路、山后一路,共四路人马往幽州并进。消息传入幽州,萧后问谁可带兵迎敌,桩岩应声出曰:"臣举一人,退宋兵如摧枯拉朽,取宋朝天下如反掌耳。"萧后问曰:"卿举何人?"岩曰:"臣之师父。姓吕名客,现在宫门外,未敢擅入。"后即宣进,见吕客人物清雅、举止特异,大悦。吕客即是吕洞宾,当时奏曰:"臣闻陛下欲与南朝争衡,特来助一臂之力,取其天下。"后曰:"卿用多少人马?"客曰:"臣欲以阵图胜宋人。幽州军马不敷调遣,须多借他国兵来。臣本平生所学,排下南天七十二阵,使宋君臣视之,心胆碎裂,拱手归命矣。"萧后听罢,大悦曰:"卿真子牙重出,诸葛复生。"即日封吕客为辅国军师、北都内外兵马正使。吕客谢恩而退。

萧后用吕客之计,遣使臣赍金宝向五国乞师,于是卑鲜国王差黑靼令公马荣为帅,森罗国王差金龙太子与董夫人为帅,黑水国王差铁头太岁为帅,西夏国王差公主黄琼女为帅,长沙国王差驸马苏何庆与公主萧霸贞为帅,各助精兵五万,齐集幽州听令。萧后又召回云、蔚二州军马,合幽州之兵,共二十五万,并交吕军师调遣。以鞑靼令公、韩延寿为监军,诸将并听号令。萧后自率后军,随后进发。吕军师得旨，遂率五国精兵及北番劲卒，共五十万人马，出发幽州，浩浩荡荡，往九龙谷而进。

北兵来到九龙谷，于平原旷野下寨，对面便是宋营。次日，吕军师取过阵图一张，吩咐中营军士：离九龙谷一望之地，筑起七十二座将台，每台令五千军守之；另外设立五坛，分立青、黄、赤、白、黑五色旗号，内开甬道七十二路，往来通行。不日，建筑完固。吕军师亲往巡视一遍，下令曰："三月丙甲支干相克之日，吾将排阵。如有不遵令者，先斩后奏。"监军韩延寿进曰："军师出令，谁敢有违。各将均准备听调便了。"至丙申日，三通鼓罢，五国军马齐齐排列。吕军师先令卑鲜国马荣率所部军列在九龙正路，排作铁门金锁阵：分一万军，各执长枪，作为铁门，把守将台七座；再分一万军，各执铁箭，作为铁闩，把守将台七座；再分一万军，各执利剑，作为金锁，把守将台七座。马荣领令，率军排列去了。吕军师又令黑水国铁头太岁率所部军在九龙谷左排作青龙阵：分一万军，手执黑旗，作为龙须，把守将台七座；又军一万，分四队，各执利剑，作为四个龙爪，把守将台七座；又军一万，各执金枪，作为龙鳞之状，把守将台七座。铁头太岁领令，率兵分布去了。吕军师又令长沙国苏何庆率所部军在九龙谷右排作白虎阵：分一万军，各执利剑，作为虎牙，把守将台七座；又军一万，各执短枪，作为虎爪，把守将台七座。再令北番将耶律休哥屯军一万，守将台七座于前，为朱雀阵；耶律奚底屯军一万，守将台七座于后，为玄武阵。左右围绕，作掎角之势。苏何庆等领令，各率所部而行。吕军师又令森罗国金龙太子装作玉皇大帝、董夫人装作黎山老母，率所部军端守中央二将台；再遣神将四名装作四斗星君；又二十八名，装为二十八宿；分军一万，各穿青、黄、赤、白、黑服色，圈绕中台前后。复令番将土金牛装为玄帝，土金秀手执黑旗，排成龟蛇把守二门之状。金龙太子等各领令部署去了。吕军师又令西夏国黄琼女以所领女兵，手执宝剑，作为太阴星。复分兵各执骷髅骨，立于旗下，遇军大哭，作为月孛星之状。再令番将萧挞懒率所部各穿红袍，作为太阳星。黄琼女等各引兵分布去了。

　　吕军师又令北番女将萧后之女单阳公主率兵五千，各穿五色袈裟，为迷魂阵，内杂番僧五百为迷魂长老。密取七个怀孕妇人倒埋旗下，遇交锋之际，揽取敌人精神。单阳公主得令，引兵依法而行。吕军师又令番将耶律呐选五千健僧，手执弥陀珠，装为西天雷音寺诸佛；另以五百和尚屯列左右，装为五百罗汉，总居七十二天门之首，以慑敌人。复令耶律沙率领所部巡视四方，按东西南北结为长蛇之势，以资救应。耶律呐等领令而行。吕军师排完阵势，着桩岩与韩延寿督战，又令各阵中并视红旗为号，听候指挥迎敌。果是仙家妙术，世人难测，七十二阵，变化奇异，昼则凄风冷雨，夜则河汉皆迷，很使人惧。次日，桩岩与延寿议定，令人到宋营下战书。宋将王全节、李明引兵出战，望见北阵如生成世界一般，大惊曰："番军必有奇才，未可即战。"桩岩、延寿二骑飞出，高叫曰："宋将若斗武艺，即便交锋；若欲斗阵，试观吾阵。"全节曰："斗武不足为奇。汝欲斗阵，待吾亦整阵图来战！"桩岩笑曰："汝去排阵来战，吾不暗算汝也。"全节收兵回营，与李明议曰："阵势小可颇谙，未见今日之异。当具奏朝廷，速遣能将辨视。"李明曰："事不宜迟。"遂画成阵图，差骑军连夜往汴京而去。

不日真宗得报，披阅阵图。遍视文武诸臣，均不能识。乃召已死大将杨业之子三关杨六使延昭回朝，亦不能识。延昭曰："此阵必有变化，容臣亲临敌境看视。"遂率孟良、焦赞等二十二员指挥使统领三军，往九龙谷与王全节会议。次日到阵前，周视良久，谓诸将曰："此阵变化莫测。道是八门金锁阵，又多了六十四门；道是迷魂阵，又有玉皇殿。如此复杂，如何能破？"乃收军回营，与全节商议，奏请真宗御驾亲征，并请其母令婆到阵前参看。真宗敕八王德昭、呼延赞为保驾官，率领御营军马，与令婆先后到九龙谷观看阵势。令婆对延昭曰："此阵莫道我不识，就是汝父在日，亦未见过。"君臣相对默然，束手而叹。

且说杨六使有一子名宗保，年方十四岁。当日令婆离汴京往九龙谷，宗保得知，乘骑随后追赶。夜深莫辨路途，误入红垒山擎天圣母庙。圣母授以兵书，令将下卷熟玩，宗保拜受。又令左右指示出路。天色渐明，宗保出得深山，遇土人，询知山上庙名，惊为奇遇。取出兵书，熟读详味，不胜欢喜。一日来到宋营，六使见之大怒，喝令回去。宗保曰："儿即回去无妨，谁人能破此阵？"令婆闻其言，唤近身谓曰："汝在何处曾见此阵来？"宗保曰："孙儿颇识阵图。试往观之，自有定论。"令婆遂令众将保宗保登台看阵。宗保看完阵势，下台语令婆曰："此阵名为'七十二门天门阵'，其中尚有不全处。中台玉皇殿前缺少天灯七七四十九盏，青龙阵下少了黄河九曲水，白虎阵上少了虎眼金锣两面、虎耳黄旗两面，玄武阵上欠珍珠日月皂旗一面。是几处，依法破之，如风扫残云，霎时即灭。"令婆大惊曰："孙儿何处得此妙诀？"宗保不隐，将所得兵书之事道知。六使以手加额曰："此主上之洪福，使汝得此奇遇。"次日，六使进御营奏知。不料有奸臣王枢密，将此消息连夜报入番营，按其缺处依法添起，此阵遂不易破了。宋营正在预备攻阵，宗保复上台，看知情由，无法可破。下台说明其故，六使听罢，昏然闷绝，不省人事。

时八王德昭在军，奏知真宗曰："延昭有疾，倘有不测，大事如何？陛下须出榜招募名医，先救好延昭，然后再出兵。"真宗依奏，令人张挂榜文。次日果有一老翁应募。帝宣医人进前，问曰："卿何处人氏？"老翁答曰："臣居蓬莱山，姓钟离名权，人称为钟道士。近因杨将军为阵图得病，臣特来救之，又解破阵。"钟道士即是钟离权。当时帝闻言大悦，令视六使病。钟离回奏曰："臣观杨将军之病，阴气受伤甚重。须要龙母头上发、龙公项下须，得此二味来，可疗其病。龙须不必远求，只要陛下可办；龙母头上发，须向北番萧后求讨。"帝曰："萧后，朕之仇人，何能去讨？"八王奏曰："延昭部下皆能干之人，陛下出旨宣谕，或能有人求得者。"帝允奏，即敕六使部下前去取药。令婆闻之，喜曰："向闻我第四子，改名易姓，为萧后驸马。若有人前去通知，必能设法取得。"遂着孟良暗地前往。钟离又关照孟良，顺便向萧后御苑中盗回白骥马，与宗保破阵。又以青龙阵上九曲水皆出自御苑九曲琉璃井内，命孟良密将沙石填塞中一眼，以绝其源。孟良领命，偷出宋营。不料焦赞随后赶来，孟良只得携带同往。径入幽州，悄会杨四郎，设法取得龙发，先着焦赞送回。复混入御苑，填塞琉璃井之中眼。假造萧后敕旨，骗取白骥马，向九龙谷宋营奔驰而返。钟离得着龙发，向真宗请了龙须，依法按治，六使一服即愈。真宗遂封钟离为辅国扶运正军师，又依八王所奏，效模高祖筑坛拜韩信故事，拜宗保为元帅。钟离以诸将不敷调遣，与六使商议，差孟良等往各处召取大将王贵、杨五郎延德、女将金头马氏、柴太郡、杨八娘、杨九妹等。又宗保之妇、穆柯寨穆桂英亦弃寨来聚宋营，一时齐集九龙谷。宗保遂请军师商议破阵，择了干支相生之日出兵，下令各军听候发遣。

翌日，钟离曰："吾夜观星象，太阴阵内当反变。先破了此阵，其余可以依次进攻。"宗保曰："谁人可往？"钟离曰："金头马氏。"乃令马氏率精兵二万，从第九座天门攻入。马氏领兵前去，恰遇黄琼女来敌。马氏骂曰："汝为西夏王亲生女，部众远来助逆，且甘为妖术贱役，纵使立功，亦复可耻！"黄琼女闻言，自觉羞愧，勒马回走。马氏亦不追赶。黄琼女回营自思："记得幼年邓令公作伐，将我许配山后杨业第六子。今当投降，以寻旧好。"即密遣人送书信投入马氏营中。马氏与令婆商议允降，即修回书与来人，约定明日黄昏内应外合举事。次日马氏率所部攻入，黄琼女从内杀出，遇巡军番将黑先锋来到，与马氏交兵。只一合，将黑先锋斩于阵内。北兵大溃，遂破了太阴阵。黄琼女与马氏合兵径回宋营。

第三日甲子干支相生，正是破阵之日。钟离曰："铁门金锁阵乃咽喉之地，正宜先破。次则便破青龙阵。"宗保曰："可差谁往？"钟离曰："青龙阵可用柴太郡，铁门阵必用穆桂英。"宗保曰："吾母柴郡主有孕在身，如何破得此坚阵？"钟离曰："正以孕气胜之。可令孟良前往相助。"宗保乃入内，与其母及桂英道知，二人各率精兵三万，鼓噪而进。先说穆桂英，令一万人各提火把火箭，候交锋之际，炮箭齐发。二万人从九龙谷正北打入，绕出青龙阵后，接应柴太郡之兵。众人依计而行，遂分左右攻入阵门内，恰遇马荣领铁门精卒由将台下来迎敌。桂英纵骑交锋,战至数十合,不分胜负。铁拴、金锁一十四门精兵来应,宋兵围绕而进,放起火炮火箭。北军队伍乱窜,桂英奋勇前进,大喝一声,枪刃骤下,马荣头已落地。宋兵乘势攻入,杀死番众不计其数,其阵遂破。再说柴太郡,率三万军来到青龙阵下,吩咐孟良曰:"汝引军一万,先夺黄河九曲水,从龙腹杀出;吾引众攻入龙头,递出后阵,与穆桂英合。"孟良依计先行,郡主遂攻进左阵。守将铁头太岁下台迎战,斗经数合,未分胜负。忽阵后一声炮响,孟良以劲卒从龙腹杀出,北军溃乱。龙须、龙爪、十四门精卒齐出,郡主与孟良前后力战。郡主胎孕冲动,在马上疼痛难熬,霎时间孩儿堕地。铁头太岁回马杀来,忽阵侧一彪军杀到,乃穆桂英也,见郡主危急,努力来救。交马二合,铁头太岁化作一道金光而走,被血气冲破。桂英抛起飞刀,斩于阵内。番兵大乱,孟良从后杀来,屠剿大半。桂英向前救起郡主,以所生孩儿纳于怀中,遂破其青龙阵。

宗保与军师商议破白虎阵,钟离曰:"非汝父不可。"宗保入见其父道知。次日,六使率骑军二万攻入白虎阵内,苏何庆开阵门迎敌。两骑相交,战到三十余合,何庆佯走,宋兵猛进。忽将台金锣响处,黄旗闪开,陡然变成八卦阵。霸贞公主引兵围来,何庆复回。六使困于阵中,不能杀出。败军回报,宗保急召焦赞,谓曰:"汝速引兵从旁道攻入,用石槌打损其锣,使虎无眼,则不能视。"又召黄琼女曰:"汝引兵从右门攻入,砍倒黄旗,使虎无耳,则不能听。"又召穆桂英曰:"汝引兵当中杀入,以救吾父。"三人依计而行。焦赞、黄琼女毁去金锣黄旗,合兵抄入白虎阵后。苏何庆见阵势危急,慌忙来应。穆桂英当先杀入,二人交锋。不两合,何庆退走,被桂英一箭射中项下,坠马而死。霸贞公主急来相救,黄琼女由阵后杀到,手舞铁鞭,从背脊打下。霸贞公主口吐鲜血,单马走回本国。六使知有救应,遂从内杀出,与焦赞等合兵一处,乘势破了白虎阵。

白虎阵破后,宗保乃请令婆率八娘、九妹同往,剿灭装为梨山老母之董夫人,又召王贵引所部从正殿打入接应本军。令婆部众杀奔玉皇殿,董夫人拍马来迎。战上数合,忽然金鼓齐鸣,番兵围合而进,将令婆等困于阵内。王贵急引兵来救,遇巡营番将韩延寿,被一箭射死。宗保闻知大惊,急令穆桂英率军救应。桂英突进,正遇董夫人与八娘力战。桂英弯弓架箭,射中董夫人之目,其落马而死。遂与令婆等合兵,夺得王贵尸首回寨。钟离又教宗保召杨五郎率头陀兵五千,攻入迷魂阵,带戎装小儿四十九名,各执杨枝,预备扫灭妖氛。又召孟良带兵二万,打入太阳阵后,接应本军。先说五郎攻入迷魂阵,单阳公主略战即退,引敌兵入阵。耶律呐摆动红旗,妖氛迸起。一群妖鬼号哭而来,人不能进。乃令四十九个小儿手执杨枝,迎风而进,妖氛辄散。耶律呐慌乱逃走,五郎赶近前一斧劈死。头陀兵奋勇齐进,将五千健僧及五百罗汉诛戮殆尽。单阳公主措手不及,被宋兵于马上擒住。番将萧天左被激怒,提兵来救,五郎抵敌。连战二十余合,五郎抽出降龙木击中其肩,天左变为一条黑龙,五郎挥斧斩为两段。原来五郎得师父之教,预备下降龙木,除此怪孽也。是时孟良攻入太阳阵,恰遇萧挞懒,交马两合,其被孟良一斧砍之。杀散余骑,冲入后阵。接着杨五郎一齐杀来,遂破了迷魂、太阳二阵,诛剿番兵不计其数。

却说番阵中尚有玉皇殿,最是难破。殿前有珍珠白凉伞,其下杀气隐隐,人不敢近;再有日月珍珠皂罗旗,麾动时天昏地黑,不辨进路;殿上悬七七四十九盏天灯,乃是变化之名。钟离与宗保划定计策,奏请八王、呼延赞保护真宗御驾亲行,敌住玉皇上帝,宗保自率劲兵破其正殿。先令孟良攻阵,夺去珍珠白凉伞;焦赞砍倒日月皂罗旗;又请六使率后队攻入,先射落四十九盏天灯。孟良、焦赞依令,当先杀入,夺伞砍旗。遇番将土金牛、土金秀杀到,孟良激怒,一斧劈死金牛,焦赞斩了金秀。后队六使拍马攻入,射落四十九盏号灯,其阵遂败。四斗二十八宿将官一齐杀出,被孟良、焦赞尽屠戮之。金龙太子单马逃走,宋帝架起翎箭,一矢射死于阵中。宋军竞进。宗保举发火箭,焚其通明殿,烧死番兵不计其数。孟良等合兵一处,遂破了玉皇殿。

宗保下令曰:"乘此破竹之势,诸将各宜努力,令孟良攻入朱雀阵,焦赞攻入玄武阵,六使、呼延赞攻入长蛇阵。"孟良领令,杀入朱雀阵来。番将耶律休哥见大势已去,弃将台而走,遂破朱雀阵。焦赞攻入玄武阵,与耶律奚底大战数十合,奚底败逃。焦赞赶上,一刀斩之,杀散余骑,破了玄武阵。六使、呼延赞攻入长蛇阵,耶律沙不敢迎敌,拖刀绕阵走出,被宗保阻住去路,孟良等从后杀来。其进退无路,拔剑自刎。

韩延寿见天门阵破得七零八落,问计于吕军师。军师大怒,率本营精卒,如天崩地裂而来。桩岩作动妖法,霎时日月无光,飞沙走石,宋兵不知所措。宗保君臣困于阵内,番兵四合攻进。忽钟离奔至阵前,将袍袖一拂,其风逆转,吹倒番人,天地复明。桩岩望见钟离,忙报吕军师曰:"长仙来矣,师父快走。"道罢,先化一道金光去了。吕洞宾近前,被钟离喝道:"天数有定,不可逆行。今被汝害却许多性命,好好归洞,仍是师徒;不然,罪愆难逭!"洞宾无言可答,乃随钟离驾云回去。韩延寿急忙报知萧后往山后逃走,杨六使率众将急追。焦赞奋勇向前,赶上韩延寿。延寿回马复战,不数合,被焦赞擒住,带回斩首。番兵剩不多人,均弃甲抛戈而走。萧后从僻路逃回幽州去了。

僧道斗法

国韵小小说

僧道斗法

明朝有一个永乐皇帝，治理得中国处处太平，百姓皆安居乐业。有许多耕田、采柴、捉鱼的人，在田中、山上以及河海等处偶然寻出许多宝贝，皆纷纷进京来献与皇帝。这一日，五更时候，永乐皇帝升殿，文武百官齐来朝见，各省各县的许多百姓上殿献宝。只见每人手里捧着一匣，由太监一一取来呈与皇帝观看。匣中乃是夜明珠、羊脂白玉、紫芝、嘉禾、甘泉等许多难得之物。同时又有许多外国使臣进贡：西南方哈失谟斯贡一对青毛狮子，正南方腊国贡四只白象，西北方撒马儿罕国贡十匹紫骝马，正北方鞑靼国贡二十只羱羊，东南方大琉球国贡一对白鹦鹉，东北方奴罕都斯国贡一对孔雀，其余小国亦各有进贡。皇帝大悦，文武百官一齐称贺。

忽班中闪出一位老臣，俯伏金阶，口呼万岁。皇帝问是何人，老臣道："臣乃江西龙虎山张真人。"看书诸位须知，中国从古以来有两种教。一种佛教，释迦牟尼为首领，教徒名为僧，亦称和尚。据云西天有三千古佛、五百罗汉、四大金刚及许多菩萨，皆有法术，非常灵异。一种道教，老子为首领，教徒名为道士。据云天上共有三十三层，有一皇帝曰玉皇大帝，管理天上一切神仙、地上一切人物，亦有许多法术。那张真人始祖起于汉朝，亦系道教中人。汉朝有一人名张道陵,其法术能役鬼、驱妖、捉怪,有功于世,所以当时皇帝封为真人,令永远住于江西龙虎山中。后来张道陵成仙上天,其子孙传其法,号称天师。传至明朝,仍旧不绝。

当下张天师奏道:"百姓及外国进贡之宝,皆不足为奇。有种皇帝之宝,惜乎未见。"皇帝急问道:"是何物?"张天师道:"是一颗玉印,又称玉玺,天下只有三颗。"皇帝道:"现在何处?"天师道:"战国时候有一人,名卞和,在石中得一块玉,献于国王。国王以为是石,遂将卞和双足斩去。卞和抱玉而哭。国王闻之,命人将玉磨光,一看,果然是玉。后来秦灭六国,秦始皇得了此玉,将玉解为三段,做成三颗印。中一段刻'受命于天,富贵永昌'八个篆字,名曰传国玺,作为皇帝之宝。有此宝者,可以做皇帝。还有两颗印,并不刻字,后来皆失去不见,只有传国玺从历代皇帝手中相传下来。至元朝顺帝,被明太祖打败,逃至外国,此传国玺遂被顺帝带去,不知下落。"皇帝道:"那两颗曾出现否?"张天师道:"一颗现在茅山,一颗在臣家中。当年臣始祖张道陵擒得一鬼王,鬼王献印赎罪,遂有此宝。"皇帝道:"此印既在卿家,何不进献?"天师道:"此印现在天上老天师处。"皇帝道:"然则如何可得?"天师道:"臣府中本有一条小小山路,以跻登山顶。山顶上有座升仙台,至升仙台上即可上天请印。后来不知如何,此路不通,遂不能请。幸而臣始祖传下一个指甲,臣等急要用印时,焚起香来,将指甲在香上一熏,老天师张道陵即从天而降。只可将印盖用流传,用毕仍须缴回。"皇帝一想:"三颗玉印,一颗在外国,一颗在天上,只有茅山一颗尚可以人力相取。"于是传旨,即命张天师捧了金牌,往茅山取印。张天师奉旨而去。

且说茅山如何有此印呢?原来汉朝有姓茅的兄弟三人,长兄名茅盈,得遇仙人,传授法术,欲觅一座山修炼。后走至句容地方,到了一座句曲山上,遇见一位白发老人,送他一颗玉印。后来茅盈在此山修炼成仙,遂将印刻成"九老仙都之印"六字。其弟茅固、茅衷,本皆为官,闻兄得道,皆弃官登此山修炼,后亦成仙。此山有三个高峰,茅盈在第一峰,茅固在第二峰,茅衷在第三峰,遂改句曲山为茅山。后来有人在山上山下替他三人建造庙宇,即称三人为三茅真君,庙为三茅殿。传至明朝,香火愈盛。

这一日,庙内道士清早起来,忽见山上火起,急忙奔上山去。至山上时,却不见半点火光;下山一看,山上仍旧火光冲天。众人大惊道:"此必真君示兆,定有祸事。"果然,言还未毕,忽报张天师驾到。众道士迎入,天师将金牌及皇帝旨意说了,众道士无奈,只得将印献出。天师即将印带归京去,朝见皇帝。皇帝将印一看,果然是一颗羊脂白玉印,真是无价之宝,上刻"九老仙都之印"六字。皇帝即着发与尚宝寺,命将原刻六字磨去,改为"奉天承运之宝"。尚宝寺奉旨,即召高手玉匠，连日连夜将印磨洗，费了一个月工夫，印方刻成。尚宝寺捧印进呈。皇帝一看，所刻之字非常清楚，心中大悦，即命刷上朱砂，印在纸上。及至掀开一看，原来仍是"九老仙都之印"六字。皇帝不悦，又命工部尚书领去再刻。工部尚书亦召了名匠，细细磨镌，又献入朝。皇帝看此次改刻得格外分明，不料印出来看时，仍旧是"九老仙都之印"数字。一连三次磨刻，皆是如此。皇帝大怒，命将玉印责打四十棍，仍旧还与三茅宫。玉印遂被打死。原来那玉印本是活的，一夜要吃四两朱砂，一印有千张之多；自从打死后，不吃朱砂，一印只得一张了。当下皇帝又问天师道："卿可有法取回传国玺否？"天师道："要此玺甚易，只要万岁将佛教灭尽，臣即设法将玺觅来献上。"皇帝一心要那传国玺，即传旨灭尽佛教。礼部奉旨，传知各处，将僧庙一概封禁，和尚一齐留发，仍做百姓。原来道教同佛教向来互相妒忌，张天师是道教，所以乘此机会要将佛教灭尽。却不料强中还有强中手，佛教中自有人来保护，张天师仍旧白用一番心思罢了。

却说皇帝灭尽佛教的旨意一传出来，传至五台山清凉寺里一位金碧峰长老耳内，不觉愤愤道："道有道的妙处，佛有佛的妙处。张天师何苦下此毒手，灭我佛门！幸我早已知道，今番不得不与他斗一斗了。"于是盼咐徒弟等："不必慌张，我到南京去走一趟，自有解法。"说毕，一手拿着紫金钵盂，一手拄着九环锡杖，辞了众人，一纵云光，径到南京。

原来长老不是别人,却是西天三千古佛的班头、万万菩萨的领袖,名为燃灯古佛。五十年前已知今日张天师下此毒手,所以下凡来保护佛教,投生在一家金善人家内,自幼出家,人皆不知其为佛也。

当下金碧峰长老一霎时已到了南京,此时城内僧庙已皆封禁,不许和尚入城。那长老不慌不忙,向皇帝金殿而来,正遇黄门官喝道走过。长老高声化斋,黄门官手下小官见是个和尚,即抽鞭便打。岂知和尚不曾叫痛,那官的腿背上已觉疼痛非凡。黄门官近前道:"和尚,你可知如今皇帝灭僧兴道,不许你们做和尚么?"长老道:"小僧从京外来见皇帝,却不知此事。"黄门官道:"你从哪一个城门而进?"长老道:"夜半昏黑,弯弯曲曲走来,不知由何门而入。"此言是长老恐说出一门,那看门的要有罪,所以如此说法。黄门官遂将长老带入朝门,引见皇帝。长老走至金阶前,打个问讯,并不下跪。皇帝大怒,即命将长老斩首。只见殿东闪出一位大臣,叫声:"刀下留人!"原来是诚意伯刘某,奏道:"僧道自古传流,皆有法术。今皇帝灭僧兴道,别个和尚不敢来见,而此长老独有胆来见万岁,必有道理。可暂赦其罪,问其有何事面奏。"皇帝从之,即令其从实说来。长老道:"小僧特来问皇帝何故灭僧兴道。"皇帝道:"是我灭僧兴道,你便如何?"长老道:"僧也是皇帝之子民,道也是皇帝之子民。皇帝以宽宏度量治天下,如何欺僧护道?"皇帝一听长老之言,觉得有理,不得已道:"此是张天师奏的。"

　　长老即向天师道:"此位便是张真人否?"天师道:"不差。"长老道:"你何故灭我佛门?"天师道:"我道教自古传流,能役鬼驱神,擒妖捉怪,法术无边,却不见你们和尚有甚法术。所以我要灭了你们。"长老道:"天师既有法术,可肯赐教一二否?"天师道:"请出个题目来。"长老道:"就请教个出神游览吧。"天师道:"此有何难!"即在金阶之下盘膝而坐,闭目定息,出神去了。诸位须知,出神乃是第一等法术,不是人人容易做得到的。何谓出神呢?就是将自己的魂灵飞出去,到数千里外游玩,顷刻而去,顷刻而归,即谓之出神。当下文武百官看张天师时,只见他面容失色,形若死尸,去了半晌,尚然不回。及至回来,心上觉得有些不快,勉强道:"我适间出神,想要远去。偶过扬州,见琼花观里琼花盛开。我看了一回花。"长老道:"何以回得迟?"天师道:"因遇几个仙人,邀去闲谈,所以来得迟了。"长老道:"想是带得琼花归来。"天师曰:"人之神魂出游,只可见所见、听所听,不能带物。今和尚言此,想必亦能出神,且能带物乎?"长老曰然。天师道:"请出神带一物来试之。"长老曰:"不必,顷已从天师游过琼花观矣。"天师道:"你带得琼花何在?"长老将头上旧僧帽掀起,即堕下两朵琼花。天师接来一看,果然是真,即时献上金殿。皇帝与百官同看,是真琼花无疑。皇帝道:"此番天师输了。"原来天师出神之时,长老立在金阶之下，眼若垂帘，半开半闭的，也在那里出神。只是去得快，来得快，且又将九环锡杖横在虚空。天师神魂归时，遇见一条恶龙阻路，直待长老收去锡杖，天师方得归来，所以迟了。

却说天师吃了亏，心里明白，只是说不出来的苦。然尚不肯认输，说道："和尚既有神通，我和你同去如何？"长老道好。天师遂又出神去了。长老闭一闭眼，仍旧笑嘻嘻地立着。等了许久，天师方回，只是出了一身冷汗，说道："我此次到杭州西湖游玩。"长老道："我也至西湖。"天师道："我带得一朵莲花。"长老道："我带得一支藕。"天师道："藕从何来？"长老道："即是天师那朵莲花下面的。"天师即将莲花取出，长老也将藕取出，却还有一些天师摘剩的莲梗在上。百官皆微笑道："天师得的虽新鲜，却不如长老得的是根本。"天师心上十分不快，说道："和尚，你既是有这等神通，我今同你去得远些，如何？"长老道："但凭尊意。"天师遂仍闭目出神，长老仍一去即返。天师许久方回，说道："和尚，今番你到何处？"长老道："天师收桃之时，小僧已在彼矣。"天师道："我在王母蟠桃会上来，可惜去迟了，只剩得三个桃子，都被我袖了来。"长老道："我也收得一个。"天师听见长老说也收得一个，心上狐疑，把手伸到袖内，左摸只有二个，右摸也只有一双。天师道："和尚的桃子，莫非是偷我的？"长老道："是我拾得的。"天师道："莫非说谎？"长老遂一手掀起僧帽，一手取出一个仙桃来。天师觉得非常扫兴。

文武百官等或说天师高妙，或说和尚神通，内中只有诚意伯刘某，乃是明朝开国功臣刘伯温之孙，能知过去、未来。他见天师两次收神迟慢，就袖占一卦，方知其故。原来天师杭州转来，是长老将九环锡杖竖在路上，变作一座深山，天师误入其中，不知出路，及长老收了锡杖，天师方得回来；至天师在王母蟠桃会上转来时，又是长老将锡杖画作一条九曲神河，天师沿河而走，走一个不了，亦是长老将锡杖收去后，方才踉跄而回；又施了一小小法术，取了他一个仙桃，所以天师袖来的桃子少了一个了。

却说天师见和尚颇有神通，遂说道："我与你再赌一个胜败。要呼风有风，唤雨有雨，令牌一响，霹雳交加，传召天将，命他东他不敢西，命他南他不敢北。你能否？"长老道："赌些什么？"天师道："若我输，我下山；若你输，你还俗。"长老道："此罚太轻。"天师道："如何方是重罚？"长老道："输者须将首级割下。"此言一出，殿上殿下皆愕然无声。皇帝闻知，即宣天师上殿，说道："你若有真实本领，便与他赌；若自知敌不过他，不如待我发起怒来，将和尚赶出，还可留些体面。"天师道："臣之印剑符章，皆是从始祖以来传授到今。现有符咒一箱，神书十卷，能驱神役鬼、呼风唤雨。臣岂惧和尚哉？"皇帝道："既然如此，你且下去。"遂又召长老上殿，说道："你与天师在我面前以生死相赌，不是儿戏之事。"长老道："胜败常事耳。"皇帝道："你输了不可怨我，须知王法无亲。"长老道："小僧今日因卫护佛门而死，死亦有名，何惧之有？"皇帝道："且退下去。"又只见刘诚意伯奏道："两人皆有法术，若败者因羞成怒，以法术惊人，诸多不便。臣意必得几位大臣为保，以后若有不安，保官一同处罪，方无后患。"皇帝从之，即传旨各官知道。只见成国公朱某、英国公张某、卫国公邓某、定国公徐某一一出班，愿保张天师，各立保状，签押用印，然后退归班部。皇帝见和尚尚无人保，乃问道："谁人愿保和尚？"只见班部中寂然无声。原来张天师之名望甚大，人人皆知其法术通天，所以有人敢保；和尚远来，无人知之，故无人敢保。皇帝再问，仍无人应。及问至第三次，只见班部中走出一位老臣，头发稀白，须眉如雪，上前奏道："老臣愿保和尚。"皇帝一看，此人年已九十三岁，姓陶名字，博学多能，现任大学士之职。他一面写保状，一面问和尚叫何名字。长老道："我俗姓金，号碧峰。"陶学士道："我一定保你。"写毕，用印签押而退。只见班部中又走出一位青年大臣，乃是诚意伯刘某，亦愿保和尚，将保状照式写下。文武百官皆私议道："保天师者虽多，然保和尚者，一位是陶学士，年高博学，见多识广；一位是刘诚意，能知过去、未来。莫非和尚能赢么？"只见天师传下号令，要新桌子四十九张，道士一百二十名，乐舞生六十人，童子六十个，其余香烛、纸马等物皆须于巳时交齐。至巳时，诸物齐备，天师即命将桌子在金殿下搭成高坛，童子执幡立于四方，道士在坛下念经,乐舞生在坛下作乐。次日,天未黎明,天师入朝,登坛行法。只见天色昏沉,风声渐紧。文武百官皆道:"天师之法必验。天神可顷刻而降,只怕和尚在黑暗中逃走。"皇帝即命将城门关闭,不许和尚走出。

却说百官中有一位吏部侍郎陈某,他见人人心向天师,颇为不平;又见和尚并不搭坛,恐怕和尚有输无赢,所以出班来觅和尚,想设法略助一臂之力。只见和尚一人站在金阶下玉栏杆前。陈侍郎近前说道:"长老,你也做些出来看看。"长老道:"我做不来。"陈侍郎道:"工欲善其事,必先利其器。你看天师高搭坛场,画符念诀,你要何物,我也可以替你办到。"长老道:"我不会画符,也不会念诀,也用不着坛场。"陈侍郎道:"你既不用坛场,必会念咒语。"长老道:"我不会念咒。陈侍郎贵姓?"侍郎笑道:"长老已知我姓陈,还问我么?究竟你要用何物?快说,否则天师请下天神,你就输了。"和尚才慢慢地从袖中取出个钵盂,道:"舀些水来。"恰有一个校尉走过,侍郎即命舀水。长老又道:"须舀河内之水。但舀一纸薄水即足。左手舀,左手取来;右手舀,右手取来。不可换手。校尉接过钵盂,至玉河边,舀有小半钵盂,却有千钧之重。拿不起来,只得倒去。只存得如薄纸一层,方勉强一手托住,送至和尚面前,已是满身大汗。原来此一钵盂,可以收尽一海之水,此一纸薄水已有半海矣。和尚将钵盂置于地上,用指甲挑了一滴放在砖上,写一"水"

字,复起左脚,将"水"字踏没。法术作完,即请侍郎归班。

再说天师连连用法,至次日早上,尚不见天神下降。天师五十道符,焚去四十八道,仍旧无用。长老高声道:"天师费一日之久,不见天神,是输了。"言毕一道金光,不知去向。皇帝大怒,命将天师斩首。天师大声叫冤道:"尚有两道符未焚,请宽限两个时辰!"皇帝即命释放。天师披发上坛,连焚两符,并连击令牌三响,果然降下四位天神。天师问前焚符四十八道,何以不来。神将道:"我等甚忙,并未接到。只此时接到了两道符,应召即至。"天师问天上何事甚忙。神将道:"自昨晨起,水淹天门,水高三十六丈。我等神将车水,故忙甚。"陈侍郎与校尉闻之,相视而笑。原来天门水淹即是长老所作法术所致。

当时天师即辞退天神,来见皇帝。皇帝已知和尚神通广大,即命天师将和尚请来,封为国师,从此不灭佛门。又命太监郑和为帅,带领十万大兵、五百战船,与天师、国师一同下西洋,寻觅传国玉玺。郑和一路上征服各国而回,只是传国玉玺未曾寻得。至郑和下西洋一节事,见《明史》及《郑和本传》,甚详云。

假仙师

国韵小小说

假仙师

清朝康熙年间有一个将军，姓穆，名在田，奉旨征剿云南石平州八卦教匪，大营驻扎金沙江口。匪头铁掌道马陵聚众占此州城，凶悍异常，更有大股匪众在城外大竹子山结寨以为根据地，奉"赛诸葛"吴恩为八路都会总，人尤奸诈，党羽甚多。城山联合一气，屡抗清兵，相持日久。清营有一小将，姓白，名胜祖，人称白小将军，武艺精强，能跳高望远、黑夜见物，遇事随机应变。一日奉穆将军将令来探石平州八卦教匪营寨虚实，改扮道长，冒充八卦教中远代始祖毕道成。他为何敢如此？因从前问明他教中规矩，又晓得此教祖飘海不回。大家虽供法像，其实并未见过面，所以大胆前往。先至石平州城，小兵通报匪营。

马陵正在帐中踌躇如何用计打退清兵，忽闻祖师驾临，十分欢喜。继而一想，祖师向未见过，真假难辨，只得外貌恭敬，命八个人抬大轿相迎，随时察看情形，若有破绽，立刻拿下。轿夫都是力士，俱有暗号。一面约教中有名的同党吴峄、吴峰、蔡文楷等一同出迎。看见轿到，大家跪倒在地，口称："徒众接祖师驾。"白小将军在轿中将出，一脸道气，见了众匪，更加庄重，说："弟子们起来。"渐渐来到大营。此时都会总吴恩已登堂升坐正位，排班参见已毕。

白小将军看此光景，先对吴恩说："山人此次下山，专为保护八卦教的门徒，建立大功。吴恩，你自出师以来，专任三军杀害百姓，得罪天曹，何由成事？从今须改邪归正，我方能助你战胜清兵。"吴恩一听有理，连忙叩头说："祖师格外施恩。今既下山帮助徒众，还求你老人家传授法术。"白小将军说："只要诚正，授法不难。山人自幼所练先天八卦，有摘星换斗、移山倒海之术，拘神遣鬼、撒豆成兵、五行变化，样样精通。你愿学哪一种就是哪一种，但是有一句要诀，我问你们的话必须从实对答，如有一句假言，授法便不灵了。"吴恩心中要想试他，因说："祖师初次降凡，弟子也不敢就来烦劳，唯现在山寨有一事叩求：大竹子山帅府东面有一旗杆，旗绳中断，旗即落下。若祖师大施法力，可以不用木匠搭架，接上此绳，将旗挂起。"白小将军并不着忙，说："这旗杆既在大竹子山，必得亲往一看方位，方可施法挂旗。"吴恩说："明日便去。"

白小将军本是知古达今，博学多览，又早探明八卦教规，所以大家问话对答如流，又讲些修身养性、长生不老方法，满堂人皆信服。谈到午饭时候，马陵问："祖师今日下山，用荤用素？"白小将军说："我久不吃烟火食，在藏珍洞修道所吃的都是安期生的火枣、西王母的蟠桃、灵圃松子、商山芝草，喝的是神泉仙水、云液露浆。今既下山，只好随和，唯不吃牛与狗的肉，其余荤素不拘。"大众遵命。不多时，酒菜齐备。白小将军想道："此中若有蒙汗药酒，如何是好？我且用话骗他先吃，就无妨害。"因说："我守老君'不为天下先'之戒，必须你们先吃，我才吃。如不肯依我，我就十日不吃亦不喝。"大众如何敢违，杯匙碗箸，四座并举。他亦拣人吃过的吃，喝过的喝。须臾饭毕，当晚在营中东院北上房住下。

众匪中有一小头目叫大耗神梅峰，心中不服。等到二更时候，手执一口单刀，来刺神仙。钻进房中，见祖师背灯闭目打坐，遂放胆蹑行至其身后。正待举刀，忽听祖师大喝道："孽障无礼！还不放下刀来！"吓得梅峰丢刀叩头，暗想："他背后如何有眼，知道我拿刀？"其实白小将军已于其进门时觑得，现既见他跪下，因说："我有前知，早算定来行刺。我有护法神，你如何能加害？今已知罪，退出去吧。"梅峰诺诺连声，倒退出门而去。告知大众，惊为神眼。次日大早，吴恩来请祖师上大竹子山，仍备大轿。白小将军止轿步行，暗中好细看城营及山寨匪情虚实，默记在心。一路有吴恩率众引道。马陵率众护送，行至河旁，将要上船。白小将军眼尖，觑得舱板微动，料定船中必有两个刺客，船身不大，所以两人已挤得板动。虽然识破，假装不知。及走上船头，忽望天点头，即对众人喝道："船中有刺客！"复指船内说："你二人真孽障哉！"大家明知其故，都心服他何以晓得有两个人。吴恩连忙叫人揭起板来，果有两人爬出，叩头请罪。此两人就是吴峄、吴峰。白小将军大笑,说:"你等太胡闹了。我有耳报神通信,凡事焉能瞒我?"吴恩、马陵又徒劳赔礼,说:"弟子失察,饶恕这两个无知的后辈吧!"白小将军允了。马陵营中有事,送至船边,告辞率众回去,命蔡文楷代送。

吴恩即命开船。行至中流,山寨已派多船鼓吹迎接。群匪争要看祖师是如何人物。船到岸时,人已站满,免不得仍坐轿。至大竹子山顶帅府前下轿,吴恩引入大厅,正座献茶,引见从头目、兵丁。礼毕,同至旗杆下,详阅一周。白小将军对吴恩说:"此事易办,夜间定将此旗挂上。"看过回厅,大开筵宴。吃到定更后,将祖师送至东院。经过一处,内有灯烛香花供养,陈设华美。随从人请祖师进去观瞻。只见堂中供一老仙师,五绺长须,仙风道骨。从人中有一小兵,故作懵懂问道:"祖师认得这位仙师么?"白小将军想道:"此小兵问得奇怪,又是吴恩定下计,叫他来考试我了。我常听见我友告诉我,说他们的祖师毕道成是个老道,常常供养,日日顶礼上香,想必就是这个像了。"因对众人一笑,说:"你们倒来考察我。那供的不是别人,就是我的本相。难得你们虔心。"小兵又说道:"此像是七旬有余的老人,祖师的相貌与他不同。"白小将军说:"修道之人,或老或少,时隐时现。山人千变万化,非凡夫俗子可比,何尝有一定的相貌?"一番话说得大家不疑。是夜即在此院北首书斋内安歇。

吴恩在大厅上与大众说:"我看祖师言貌从容不是假

的,但是祖师向未见过,此人年纪太轻,或是清营派来的奸细。然仙人变化无常,又料不准。"蔡文楷说:"此却易辨。今夜如将师旗挂上,就是真神仙;否则将他拿下拷问,不怕他不说出实话。"吴恩点头,吩咐大家专等挂旗消息。暗中留神,随时听令。却说白小将军在书斋内闷闷不乐,自己一想:"大话我已经说了,但是这旗如何挂法?若被他觑破,大事难成。"正在焦急,忽听外面一片声喧,齐嚷道:"果然祖师神通广大,把旗子挂上了!"

白小将军心中又喜又惊,暗忖道:"此旗何人所挂?莫非神仙保佑,助我清营灭此教匪么?明日便好哄他们,探明会中详情,回营禀报,预备进兵了。"默自称幸不已。那吴恩听得挂旗之事,急忙出来看,果见那帅旗高挂杆上,随风飘荡,甚为喜悦。合寨兵将均皆佩服。次日天明起来,那蔡文楷是个机灵人,也深信不疑。其中尚有一人还未全信。此人姓温,名正芳,绰号称镇南方都尉,足智多谋,料事十有九着。今因此事怀疑不定,独自一人来见吴恩,说:"我看这位毕祖师怕是假的。"吴恩说:"你从何处看出来?我亦半信半疑。"温正芳说:"我看他说话时眼光四面流动,就是这挂旗之功,亦未必果是神仙所为。现在尚有一种试验法:可于明朝见他之时,问他的师父是谁。他要说错,便是假充毕祖师;若说是南极子,话虽不错,也不可当真,或者他探听来的,亦未可知。此时最好就求他请老祖师南极子临凡,他如允许,就在后山搭一座法台,高三丈六尺,周围不必设梯子,看他如何上去。他若蹿上法台,必是夜行人的行为,不是真仙;他如抖起袍袖,驾乘脚风上去,定然是会法术。法台之下,暗设几十捆干柴,里面撒些硫黄、焰硝、火药之类。他如能把神仙请下,就真是毕祖师,理应叩求他,所有大竹子山的大事全都仰仗他调度;如其请不来,就此放火,把台围着,烧死他在后山之上。"

吴恩听完温正芳一套言论,连连点头,说:"好极,妙极。"两人计议已定,到第二日,约同蔡文楷去见祖师。白小将军正在书斋中端然坐定,受他二人礼毕,吴恩说:"祖师在上,弟子有一事要请教,务求明示。"白小将军问:"又有何事?你且说来。"吴恩说:"弟子不知你老人家的师父是何人。"白小将军说:"我的师父,你们如何知道?提起此位师尊,名冠三十三重天,乃是南极子老寿星是也。"吴恩叩头说:"善哉,善哉。就求祖师将老祖师爷爷请来,弟子大家朝见。"白小将军一闻此言,就知道又来试他,只得暂且应允,到那时见机而作。因对吴恩念一声:"无量佛,你起来。此事却非容易。你须搭一高台,方能与三清通气。必得在黄昏人静时虔诚祈祷,老祖师南极子始肯临凡。"吴恩叩谢,起身出去,立刻命温正芳带一百个有力的兵丁在后山平原搭一座三丈六尺的高大法台,上面挂五色彩绸。靠北摆八仙桌一张,上陈五谷粮食、香根菜、无根水、朱砂、黄纸、新笔俱各齐备,却于台下暗布干柴、硫黄等引火之物。又嘱道:"你须留心细察,如神仙请不下来,就此放火,把他烧死在台上,以绝后患。"温正芳遵令下去,费了一日一夜之功,次日午后安排妥协。

到得黄昏之时,吴恩同蔡文楷二人启请祖师上法台,外面诸将及众会总一班人齐到后山看请神仙。白小将军规行矩步出来,众人跟随着,都到大竹子山后面。行近法台,大家齐声说:"迎接祖师。"白小将军说:"免礼。"吴恩走到面前:"恭请祖师登台,作法请仙。"说毕侍立,暗中窥察,看他如何上去。白小将军不慌不忙,抬头看了一看,见众人在两旁站立,自己想道:"我要蹿上法台,恐怕他们看出我是夜行术,反露破绽。莫若设法将大众眼光移开。"想定,说:"无量佛,我得围着法台念三千咒,方才上升。"吩咐已毕,手执云帚,盘绕这法台走之不休,嘴里嘛嘛哞哞的,不知念诵些什么咒语。大家猜疑之际,忽听上面念一声:"无量佛,山人已上来了。"吴恩与蔡文楷均未及看出他如何上去。

白小将军就向法台当中一站,心上盘算:"如此耳目众多,哄他甚不容易。若认真去请神仙,我又不会符咒,只好假装通神模样,造几句诳话,欺饰一时。就说他等是俗眼凡胎,看不见神仙的法相,任凭我自言自语,何人敢驳我不是?"主意定了,立近神桌案前,看见一对红烛早经点着。就此焚香,跪倒在地,默自祝祷:"信士弟子白胜祖奉将令来探大竹子山及石平州教匪，充假神仙，察真情形。叩求神佛保佑，赐助成功，得能回我大营，感受圣德无量。"祷完起来，拉出宝剑，将五谷粮食向剑上一撒，一手拿着香菜蘸无根水，研浓朱砂，将新笔发开，画了三道灵符。其实纸上写的是"上天保佑，早灭邪教"八个字。用宝剑一指，说："你等听着，山人第一道天符，狂风大作；第二道地符，风定尘息；第三道仙符，恭请老师父法驾降坛。尔徒众都要秉心虔诚，不可在台下交头接耳，犯者五雷殛毙，永不得转人道。"大众齐说："遵祖师的法论。"白小将军把三道符挨次挑在宝剑上焚化，口中假装念咒，咕噜不已。化到第二道符，连个风丝也没有。其中就有不信的。因尚有一道符未化，大家不即发作。等到化第三道符，白小将军说："吾师南极子老寿星不到，等待何时？待符化尽。"大众一瞧，空中杳无踪影，台下渐渐地人多口杂，说："此事本是假的，如何能请神仙下凡？"亦有耐性的，说"你且等等看"。

那边吴恩瞪眼往上看，等到第二道符化毕，已料定不真实，暗拉蔡文楷到台后说："此时我早安排好了。你看他符咒不灵，神仙何能下来？分明是清营奸细，一味花言巧语来骗我们！后面我已备下干柴及硫黄引火之物，再待片时，如无影响，即命温正芳举火，送他上天。"蔡文楷点头称是。那温正芳已得了吴恩的嘱咐，只等第三道符不灵，即有令来，立刻烧台。果然台上焚化了第三道符，依旧毫无动作。台下干柴俱已架好，撒上硫黄、焰硝等物。温正芳暗自喜其料事不差，预备点火，专候吴恩密令到来。忽听上面说："吾神来也！"急抬首，只见空中飞下一位神仙，与毕祖师说话。吴恩、蔡文楷以及众将兵丁，不约而同，一齐跪下行礼，连连叩首，说："这可是老祖师降临了，幸福，幸福！"这一番的惊服非同小可，连台上白小将军也吓了一跳。

其实此人并非南极子，乃是奉天省小西门外正黄旗人，名叫玉昆。天生异相，胁下有两翅，能在空中飞行。日间怕人当怪物加害，只得昼宿夜行。屡思投效清营，苦于无人荐引。打听得穆将军征剿石平州教匪，故欲刺取吴恩的首级，以为投营进身之礼。夜间时常飞进大竹子山寨，适闻白小将军说大话，知道是清营的间谍，有心要结识他，所以随时保护，倒做了假神仙的福星。那晚挂旗之功就是他的，今又来救烧台之厄。对白小将军说："弟子请我何事？"白小将军说："敬求老寿星扶助大清，灭除教匪。"玉昆说："你尽管放心，我必竭力。"说罢，细看此台甚高，台下人俯伏在地，料想听不见台上人说话，趁此问明白小将军的来历，又将自己的出身及来意说知。不敢恋谈，立即飞去。

白小将军欣然下台，唤起大众。吴恩等叩谢不尽。时已三鼓，齐送祖师回书斋安歇。白小将军连夜写信通报穆将军，并叙玉昆两次相助，力保其才可大用。天将明时，玉昆飞到，商议已定，即将此信交他，送往大营。穆将军得信，立授玉昆先锋之职。从此吴恩、马陵等真心信服，尊白小将军为军师，将城营山寨一切军务皆听他的号令。后来劝醒附从教匪的众兵丁归顺清营，诸匪首都缚送大营治罪。此皆八卦教匪迷信邪教、不安正业之报。而白小将军为国出力，冒险建功，升官加级，虽冒充神仙用诡计，然其忠勇不怕死，实有足取。宜其得异人之助，成此大功也。